My Journey Through
ITALY
走 读 意 大 利

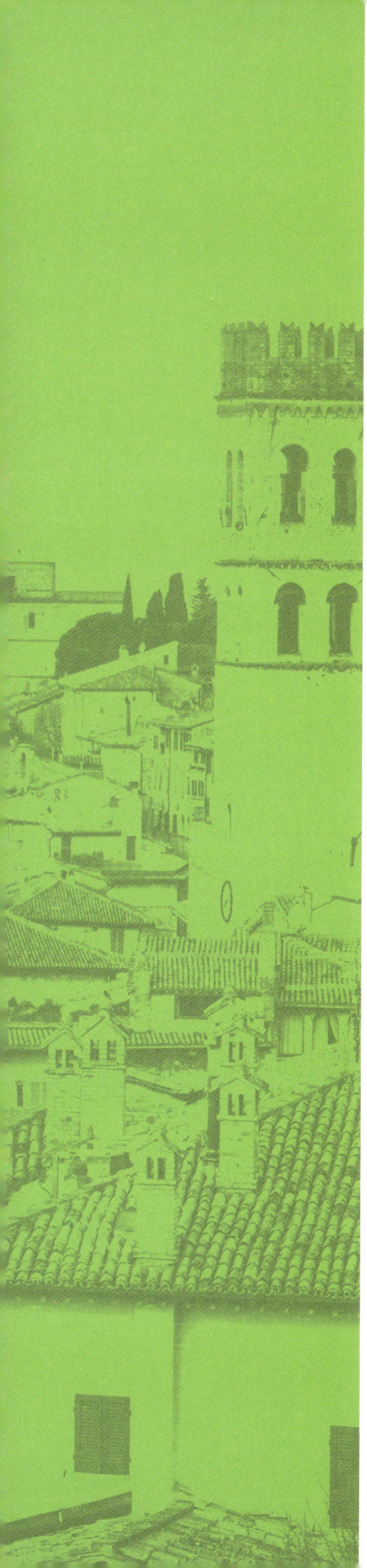

爱在阿西西
Love in ASSISI

张志雄·著

序

20年来，我去了四次意大利。

第一次比较简略地走了罗马、佛罗伦萨和威尼斯。接下来的三次，我每次花大约一个月的时间，去意大利看画，看古迹，看风景，体验当地的风土人情。

第二次去的是罗马与托斯卡纳地区，后者包括佛罗伦萨、锡耶纳、基安蒂、皮恩扎、科尔托纳、圣吉米亚诺、阿雷佐、比萨、利沃诺和蒙特普齐亚诺。

第三次从意大利中部到北部，去了博洛尼亚、帕尔马、拉文纳、费拉拉、威尼斯、维罗纳、维琴察、曼托瓦、帕多瓦和米兰。

第四次先到了意大利最南面的西西里岛，环岛游历巴勒莫、切法卢、赛杰斯塔、埃里切、阿格里真托、皮亚扎、锡拉库萨、诺托和陶尔米纳，然后渡过墨西拿海峡，来到那不勒斯与庞贝古城，接着北上去中部的圣城阿西西，最后在罗马附近的蒂沃利完成这次旅程。

为什么我要多次深度游历意大利？

西方文化的源头是古希腊罗马文明。古罗马与意大利的渊源不言而喻。其实，古希腊城市的发达，意大利南部与西西里岛的城市繁荣要早于希腊本土的雅典。正如罗素的《西方哲学史》所言，希腊大陆是多山地区，大部分是荒蛮之地，因此靠海的小亚细亚、西西里和意大利的希腊人，在最早的历史时期，要比大陆上的希腊人富有得多。

以西方哲学史为例，开创者泰勒斯是小亚细亚的米利都人（米利都是一个繁荣的商业都市），毕达哥拉斯是萨摩岛人。意大利南部的各希腊城市与米利都和萨摩岛一样，都很富有，其中最大的两个城市是西巴瑞斯和克罗顿，据说西巴瑞斯的人口在全盛时期曾达30万之多（有些夸张）。据柏拉图记载，苏格拉底年轻时曾与已经是老哲学家的巴门尼德会过一次面，并从他那里学到好些东西。巴门尼德就是意大利南部爱利亚地方的人，他的鼎盛期约在公元前5世纪上半叶。

西西里岛阿格里真托的恩培多克勒是巴门尼德的同时代人，但他年纪较轻。阿格里真托现在还以拥有希腊时期的神庙谷闻名，其中的谐和神庙是联合国教科文组织的标志。我在阿格里真托时常常想到恩培多克勒这个好玩的家伙。他与毕达哥拉斯类似，是"哲学家、预言者、科学家和江湖术士的混合体"（罗素，《西方哲学史》）。传说恩培多克勒能控制风，他最后跳进了西西里的一个火山口。

随后，希腊哲学才转到雅典，出现了苏格拉底、柏拉图和亚里士多德。

经历了漫长的中世纪，在12世纪的末期，意大利（这次是北部）出现了"近代"欧洲最早的商业城邦。其中，米兰已经是自由旗帜的代表，而威尼斯地位较为复杂，它成了欧洲贸易的枢纽。威尼斯与意大利的其他地方不同，它崛起于11世纪第一次十字军东征，持续繁荣了700年，直到1797年被拿破仑所灭（威廉·麦克尼尔，《世界史：从史前到21世纪全球文明的互动》）。

15世纪，意大利出现了"文艺复兴"，当时最著名的五个城邦是米兰、威尼斯、佛罗伦萨、教皇领地和那不勒斯。19世纪的历史学家阿克顿勋爵认为："意大利文艺复兴的各个方面有一个共同的特征，即对美的崇拜。这是用美学反对禁欲。在对艺术的专门研究中，意大利人迅速达到了人类所能达到的最高境界。"

骁勇善战的教皇尤利乌斯二世曾经邀请米开朗基罗建造一座陵寝，据法国作家罗曼·罗兰的描述，尤利乌斯的专横让米开朗基罗很挫败。但在阿克顿勋爵眼里，"尤利乌斯凭着对身后名声的渴望成了真正的文艺复兴之子"。尤利乌斯命令建筑师布拉曼特拆掉千年来见证教会史上一幕幕戏剧性场面的君士坦丁大教堂，在今天的梵蒂冈建立了一座全新的圣彼得大教堂，"它的规模，它的美，它那匪夷所思的力量超过世界上所有教堂。这鲁莽的拆除预示着新时代的基调"。

"梵蒂冈的绘画大都以政治为主题，它们纪念的多是掌权者而非牧师，直到圣彼得大教堂的出现，它的设计旨在展现普世教会的崇高与伟大，以及教皇在尘世的权威。它是文艺复兴事业辉煌的巅峰。临死前，尤利乌斯说能让平民大众留下印象的不是他们所知之事，而是所见之物。他将这种观念传给了继任者，即教堂应当成为人类宗教与艺术的辐射中心，而我们将看到，这最终是个招来灾难的遗产。"（阿克顿勋爵，《近代史讲稿》）

所谓招来灾难的遗产，就是世俗力量（主要是国王与权贵）通过宗教改革，将教堂的财富据为己有。这一趋势在法国大革命与拿破仑帝国时期达到了高潮，如卢浮宫博物馆成了欧洲各地教堂艺术品的汇集之地。

但意大利的教堂比较特别，今天我们仍然能在罗马、托斯卡纳与威尼斯等地的教堂看到不少大家的杰作。也就是说，忽略意大利的教堂，仅在意大利的博物馆欣赏艺术品，是远远不够的。而这在英国和荷兰等国家就没必要。

我自觉跑遍了意大利的山山水水，认为南部有些地方值得一去。不过，我若故地重游，首选还是中部的托斯卡纳——像锡耶纳就值得住几个晚上。它与佛罗伦萨不同，虽没有那么绚烂，可沉静中有古意，有中世纪的味道。它的乡村也是至美，值得在路上驻足停留。

作为个人来说，"志雄走读"是我思索世界与历史的一个中间站，也希望它能成为我与读者共同探讨世界与历史的一个伊甸园。

张志雄

2021年11月26日于浦东花木

目录

序　　　　　　1

第一章　　001　　来到阿西西，走近圣方济各

第二章　　019　　圣方济各大教堂的壁画故事

第三章　　077　　阿西西教堂的美与感动

第四章　　099　　弗拉斯卡蒂之行

第五章　　109　　走入哈德良别墅

第六章　　143　　走入"千泉宫"——埃斯特别墅

参考书目　191

第 一 章

来到阿西西,走近圣方济各

迷人的阿西西小镇位于翁布里亚大区的绿地中心,它拥有悠久的历史和令世界各地的教徒都为之神往的宗教魅力。

一

2017年早春，在意大利的西西里岛和那不勒斯待了3个星期后，我想去一下距罗马不太远的圣城阿西西。阿西西是意大利经典城市，我走读托斯卡纳时错失了游览它的良机，这次无论如何要向阿西西致意。

一天早上，我们到那不勒斯火车站买票去阿西西。在欧洲，每座火车站一般只有一个售票窗口，但我搞不清那不勒斯有几个，如果包括去庞贝的车次，我看到的至少有四个售票公司，难道是分别管理不同的目的地？

我们以前都是在自动售票机上买票，但上次在德国慕尼黑自动售票机买的车票，上车后发现竟然没有座位，所以我们这次决定在售票厅窗口买票。

我去意大利之前研究过从那不勒斯去阿西西的火车行程，只需换一次车。但售票员卖给我们的车票却要转两次车，说是马上有一班车会出发去罗马。第一班那不勒斯到罗马的火车又快又好，可我们在罗马火车站等了很久，才坐上脏得连洗手间都进不去的第二班火车。

欧洲的火车与中国的有一个不同之处，那就是转车必须在站台上将车票对准检票机检一下票，否则要被罚款。我们在这之前从没转过车，都是出发时检一次票就行了。这次也是在那不勒斯检了一次票，没想到在罗马站台还要检第二次。我们刚在第二班火车上坐稳，列车员就来查票了，他说我们没检票。我对他解释说，我们不知道还要检第二次票。其实这时离火车启动还有些时间，我完全可以下车检一下车票，但我误以为我们已获得列车员的谅解。毕竟，不检票的唯一漏洞是再坐一次这列火车，但我们拎着大包小包，明显是路过的旅客嘛。

结果这班火车开了好久，那位列车员依然在我们面前走来走去，他如果确认我们违法，应该马上开罚单，但他知道我们不是故意的，又有些犹豫。最终他还是罚了我们不少钱。

到了一个不知名的小站,我们换乘去阿西西的火车。站台上没有工作人员可询问,只有一列火车停着。我们看看火车的车次与车票不符,但车上的意大利人都说是去阿西西的,我们便将两个死沉死沉的大旅行箱扛上了火车(里面放了许多画册和博物馆手册等资料)。安顿好后,我去了趟洗手间,在洗手间里听到外面人声嘈杂,马上冲了出来。原来所有人都弄错了,去阿西西的火车停靠在另一个站台上。大家都朝那个站台奔去,我们也推着行李箱紧随其后,其他乘客可以从楼梯走下去,而我们不能。好不容易找到了电梯,终于来到火车前,我是再也没有力气将大行李箱扛上车了,还好有意大利小伙子帮忙,总算上了车。

如果当时错过了那列火车,还不知道什么时候才能到达阿西西。后来我们从阿西西回罗马的火车是直达的,就没有去的时候那么曲折。

阿西西火车站

二

到了阿西西,从火车站坐车去嫩阿西斯瑞雷斯温泉博物馆酒店(Nun Assisi Relais & Spa Museum)。

虽然阿西西的天气不好,阴沉沉的,可是山城实在太美了,我在阿西西安排了一天半时间,明显少了。

一本意大利本地出版的《阿西西:艺术与历史》是这样描述阿西西这个小镇的:

迷人的阿西西小镇位于翁布里亚大区的绿地中心,它拥有悠久的历史和令世界各地的教徒都为之神往的宗教魅力。

阿西西古城分布在苏巴修山(它是亚平宁山脉的一个分支)西北部山坡下方的平原上,那个地方叫斯波莱托,它一直延伸到佩鲁贾城所在的山坡上。平原上富饶的乡村和山上郁郁葱葱的树木在这里可以一览无遗。翁布里亚天空洒下的光辉笼罩着阿西西小镇,它的石头房子在山谷中层层上升,从远处看去平静祥和,尽显自然与人工的神奇。

圣方济各大教堂和修道院在西北部赫然耸现。在中部和东部,市政厅的钟楼和高塔直插天际,浅玫瑰红的屋顶和质朴的砖墙成为这美好而简朴的风景不可分割的一部分。

阿西西的魅力在于它那神圣而恬淡的美——这种美又体现在其建筑反映生活的方式上,体现在其城镇规划上、其圣所的建造上、其建筑物里装饰的13—14世纪的艺术大师绘制的图画作品上。仅仅在这里稍作停留,它也会给你留下甜美的回忆,因为它是一个远离喧嚣的宁静小城,是心灵栖居的乐土,是释放压力、重新焕发活力而应对生活磨难的圣地。

阿西西街道

阿西西的石头房屋

阿西西城地理位置优越，它是河谷与多条交通路线的出口，身处高山腹地，加上它在世界宗教领域所占据的主导地位，这一切使阿西西成了一个永恒的、享誉全世界的宗教圣地，它超越了现代世界的兴衰变迁，一直带着理想的光环重新发现精神的价值。

有关"阿西西"名字由来的历史记载很少，这座城市的起源信息也在漫长的历史中渐渐消失了。传说这个城市是特洛伊皇后的弟弟阿西奥建造的。众多学者认为这个名字来源于"acu"（意思是"东边"），因为它是建在佩鲁贾东边的城市。但丁认为"阿西西"来源于拉丁语"ascendere"，意指发出耀眼的光芒，这大概与方济各会的创始人圣方济各出生于此地有关。

三

我们下榻的温泉酒店在阿西西山城的高处，布置得舒服雅致，有免费的温泉澡堂可以享用。澡堂不大，它模仿罗马的残垣断壁，让人仿佛置身于旧日的时光。我们这一路上看了几个罗马澡堂，终于能亲自体验一把了。

我们猜想酒店的餐饮一定不错，按经验，总会有空位的，只要提前一个小时向餐厅预订就可以了。没想到当天餐厅竟然客满了，估计是周末的缘故吧。我们立刻预定第二天的，品尝了一下，确实很好。

我们每到一地，总会到当地的食品小店买些酒和小菜，晚上可以当夜宵。考虑到第二天是周日，店家一般不开门，我们到酒店后立刻叫出租车去了一家看上去不错的店铺买东西。

酒店的餐饮

小店老板异常热情地为我们推荐酒和食品。我刚到阿西西，心情很激动，觉得果然是圣城，养育出来的人就是不一样，这么热情周到。所以价格也不看，随便他说。东西买齐后，老板又热心地帮忙拎到出租车上。最后结账。

此时家人突然发现一小盒蘑菇竟然收了我们25欧元。按以往的经验，这盒东西的价格不会超过5欧元，明显是老板做了手脚。我愣了一下，觉得在如此美好的城市遇见如此丑陋的现实，自己都觉得心里别扭。算了吧。回酒店后发现那两瓶几十欧的葡萄酒（这个价格在意大利足以买到好酒）也不怎么样。事后想，以后再遇到这种情形，应该立刻把蘑菇退回给老板，既可以避免吵架，也能避免上当。

第二天大清早，我一个人在酒店的周围转悠，一直沿着街道走下去可以看到城门，却不知是哪个城门。阿西西的街道蜿蜒曲折，又耐人寻味。后来我被细雨赶回了酒店。

阿西西街道

四

早上我们游玩圣方济各大教堂，中午冒雨游览街道，一直走到城外。雨过天晴后，我们继续畅游阿西西小镇。阿西西其实和其他意大利知名小镇一样，旅游气氛浓厚，商店礼拜天都开门，包括食品店，这在大中型意大利城市是不多见的，后者主要服务于社区居民，人们保留了宗教习惯，礼拜天不营业。

但圣方济各大教堂是个例外。一般著名的欧洲大教堂，至少有个小卖部可以买到一些画册和相片之类。圣方济各又是个"大人物"，有关他的旅游产品一定畅销，但没想到圣方济各大教堂内外都没有纪念品销售点，这很不容易。

所以我想，圣方济各大教堂还算是讲究宗教虔诚氛围吧，毕竟他们的创始人圣方济各极度鄙视金钱，以贫穷为荣啊。

好在我们是冬季去阿西西，天气固然是差了些，可游人不多，街道很清静，能静下心来感受阿西西的中世纪风味。

五

在阿西西小镇的城外远眺，就能见到庞大的圣方济各大教堂建筑群像一艘停靠在山间的巨轮。

阿西西圣方济各大教堂的结构大胆新奇，竟然是上、下两座叠加的教堂（不是上、下两层），每一座都有独立的中堂和拱形屋顶，满足了不同的功用。它既能存放方济各的遗体，也可以成为全世界基督信徒的港湾，成为祈祷者的朝圣之地，成为探索分析和比较争论的场所。换句话说，它不是一个修道院式的教堂，而是一座陵墓式的教堂，它的外形像一个"T"形的十字架，也

圣方济各大教堂建筑群

就是《圣经》里象征救赎的符号，应该是为纪念尊敬的圣方济各而设计的。下教堂就像整个建筑的地下室和巨大的地基，是专门用来存放圣方济各的石棺的；这部分建筑肃穆阴暗，具有罗马式的风格。而上教堂看起来比较明亮宽敞，显得欢乐又温馨，法国的哥特式风格在这里得到了最好的体现。

我们先去看上教堂内的乔托（Giottodi Bondone，约1267—1337）壁画带，了解圣方济各的生平，再细细品味这座巨大的教堂群。

圣方济各大教堂上教堂

我在"意大利看画"系列中曾欣赏过乔托的绘画,特别是在帕多瓦的斯科洛维尼礼拜堂,花了较大的篇幅逐一分析了乔托壁画。

根据桑德拉·巴拉利著的《图解欧洲艺术史:14世纪》,佛罗伦萨画家和建筑师乔托生前已经声名显赫,他对每个形象、每个动作的描绘都如同真实世界中的场景。乔托在他的绘画中对"深度"(透视法)的探索以及绘画中人物形象体现出来的"人性",都是他原创的技法,给他同时代的人们带来极大的震撼,并成为艺术史上的一个重要的转折点。

在可靠资料中提及的乔托约40件作品中,流传至今的不足20件。

1267年,乔托出生于穆杰罗河谷的维斯皮亚诺村,1337年卒于佛罗伦萨。1280—1290年,他跟随艺术大师契马布埃(Giovanni Cimabue,约1240—1302)在佛罗伦萨学习,绘画才能迅速显现出来,成为绘画领域的一颗新星。

《教会四博士(格里高利、奥古斯丁、安布罗斯和杰罗姆)》,乔托,约1290—1295年,阿西西圣方济各大教堂上教堂

虽然他也到过许多别的地方,那些地方至今还保留着他的一些杰作,但他的主要作品都是在阿西西、帕多瓦和佛罗伦萨完成的。

乔托在阿西西的第一次创作经历要追溯到1290—1295年间,那时他只有二十几岁,他在上教堂创作了几幅与《圣经》故事有关的壁画,如《耶稣遗体前的哀悼》《以撒与以扫》《教会四博士(格里高利、奥古斯丁、安布罗斯和杰罗姆)》等。

《耶稣遗体前的哀悼》,乔托,约1290—1295年,阿西西圣方济各大教堂上教堂

当时乔托首屈一指的作品是《耶稣遗体前的哀悼》,在上教堂的上方,画面已多处剥损,但重要部分仍清晰可见。陈英德所著的《乔托》对此的评论是:"此壁画属于乔托年轻时代的作品,构图之严谨、人间感情之表现已深具特色。画面人物虽显生硬,但不局促,各个人物有自己的动作,在逝去的耶稣遗体面前哀戚悲痛,是相当生动的悲剧性画面,人物面部的表情——痛苦与悲悯都充分表达,可以说是自古代绘画以来少见的画面。"

桑德拉·巴拉利对《以撒与以扫》画面的分析是：

《以撒与以扫》，乔托，约1290—1295年，阿西西圣方济各大教堂上教堂

以扫靠近他的父亲，准备喂他，并寻求他的祝福，但苍老的以撒斜倚在一旁，拒绝了以扫，因为他已经祝福了以扫的兄弟雅各。画家仔细还原了《圣经·创世记》中描述的细节，如以扫的手和脖子上的毛。以扫的身后，利百加在观察着这一场景，正是她策划了这场对奄奄一息的以撒的骗局。

《雅各在接受以撒的祝福》，乔托，约1290—1295年，阿西西圣方济各大教堂上教堂

这幅作品在空间感和人像的立体感方面都有独具一格的创新，造型上呈现出一种宏大庄重之感。这幅湿壁画也是一组描绘以撒生平场景的双联画的一部分，已被毁坏的另一部分描绘的是雅各在接受以撒的祝福。双联画中的人物在一个连贯的立体空间内活动，人物和周围建筑物的风格似乎受到了古典时代作品的启发。

以扫和雅各的故事很有名，这里再简略介绍一下。

以色列的始祖亚伯拉罕的儿子以撒有两个儿子——以扫和雅各。以扫脾气暴烈，眼光短浅；弟弟雅各却具有雄才大略。

以撒见自己老得不行，就让大儿子以扫去打猎，做成美味给他吃，然后他给以扫祝福。以撒的妻子利百加听见了，就让雅各冒充以扫，给父亲吃两只肥山羊羔。以撒已经看不见人了，他听到雅各的声音，就去摸雅各的手。因为以扫浑身有毛，雅各却身上光滑。殊不知利百加早已用山羊羔皮包在雅各的手上和颈项的光滑处，以撒觉得摸到的是以扫的手，于是给他祝福。等到以扫回来，想让父亲祝福，以撒只能说："你兄弟已经用诡计将你的福份夺去了。"这也是《雅各在接受以撒的祝福》与《以撒与以扫》画作中呈现的故事。

六

离开阿西西后，乔托继续行进到罗马，见到了罗马的经典作品，并且师从罗马画派领袖卡瓦里尼（Pietro Cavallini，约1250—1330），这些经历让他很快成熟起来，也让他的绘画技术日臻完美。

也就是在这个时候，圣方济各教派总长乔瓦尼·迪·穆罗委托乔托在上教堂创作"穷人方济各的生平"的壁画。

方济各是富有的布商彼得罗·迪·柏纳道与琵卡夫人的儿子，1182年出生于阿西西。少年时期，他过着无忧无虑的快乐生活，很快成为城里的"孩子王"。但不久之后，他意识到上帝对他另有打算。对于方济各来说，接受上帝的恩典不是件容易事。当他拥抱了那个麻风病人后，他的思想开始成熟，当他听到上帝的圣言之后，终于下定了决心。

这是他探索圣道的漫长之旅的开端，最后引领他成为一个与众不同的

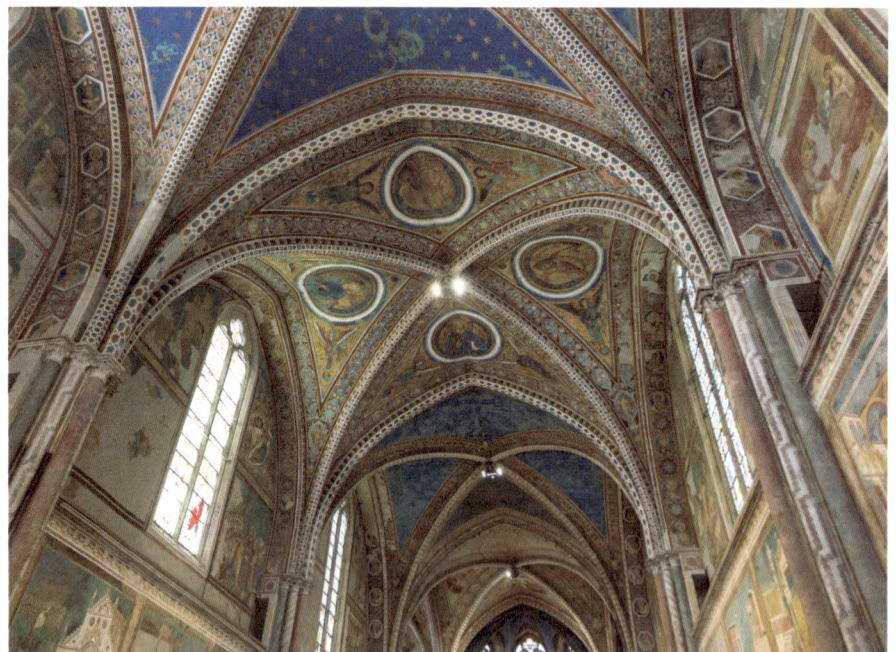

高大宏伟的圣方济各大教堂上教堂

人,并获得了精神上的提升,这一切都是一系列紧密相连的基本选择的结果。

他是一个很有感召力的领袖,历史上再没出现过另一个和他一样的人。此外,他从没打算成为一个人人崇拜的"模范",只是要求别人也坚持福音书中传达的信念,帮助他们开启通往上帝和真正的人的神秘通道,并让他们谨记上帝曾连续在历史的长河中显现。

圣方济各在大教堂的艺术品里共出现了92次:壁画里出现65次,玻璃上出现16次,木制品上出现6次,石头和陶瓦上出现2次,马赛克画上出现1次,铜器上出现2次。

乔托从1297—1299年完成了令人震惊的"圣方济各的传奇"的壁画带,他放弃了拜占庭罗马风格,转而采用更亲切、更生活化、情感更丰富的主题。同时代的画家琴尼尼评论说:"乔托把希腊的绘画艺术转换成拉丁式的,并使之更加新颖;他的艺术造诣极高,其他人是达不到的。"

圣方济各主题的绘画在艺术领域中已经不新鲜了,但乔托的成功之处在于他的作品独立于已经存在的绘画风格,并在作品中凸显了自己的个性和原创性。

乔托的这些壁画从一开始就是为上教堂设计的,它们与这个宽敞、明亮、几乎像天空一样高的建筑融为一体。

描绘"圣方济各的生平"的画是在正厅的下部和入口处两边的墙壁上,28幅画每3幅一组分散在隔间里,只有入口处的隔间是4幅。此外,入口大门左右两边各有一幅画。壁画带从祭坛右边开始,其中一幅是对着入口的。

乔托在绘制这些壁画的时候不是独自完成的,而是受到了很多信徒和一些老画家,特别是罗马画派画家的帮助。此外,这些画是匆匆绘制的(因为罗马和佛罗伦萨的委托人也在不停地催促乔托作画),如果只考虑乔托创作的部分,这些壁画不能算完成,尤其是壁画带的最后一个场景。乔托壁画带处处都有欠缺，很多艺术评论家对一些壁画是否为乔托亲手绘制心存怀疑，虽然它们看起来既精彩又风格一致。

乔托是受到方济各会总会长圣波纳文图拉的《主要的传奇》一书的启发创作这些壁画的，壁画的下方还注上了从书中摘录的名言。现在，这些拉丁文字都很难辨认了。

波纳文图拉的信仰观和他对"穷人方济各的生平"的理解，在"对上帝的爱""对世人的爱"和"对各种生灵的爱"中有明显的体现。这些壁画也选择了这3个主题作为基础，以中世纪的基调和相互关联的方式展现出来。画里的方济各是一个果断而充满活力的人，他外表朴素，热爱创造，热爱上帝的生灵，乐意共担世人的痛苦，让人能够感受到上帝和他在众人遭受各种磨难时的圣容显现。

就艺术而言，乔托成功地摆脱了彼时流行的拜占庭和哥特的绘画风格，创造出具有自己特色的三维画面，并在画中加入了风景的元素，而且他更加关注周围的现实，画中建筑的结构也趋于简洁和壮观。此外，他重新发现了人的魅力，找到了使人物变得更加鲜活的方法，他的作品完全突出了人物的重要性。

圣方济各大教堂

第 二 章

圣方济各大教堂的壁画故事

1297—1299年间,乔托在阿西西圣方济各大教堂上教堂主持并绘制了28幅表现圣方济各生平事迹的巨大的湿壁画,这些壁画如今属于意大利的国宝级壁画。

接下来我来简单介绍阿西西圣方济各大教堂上教堂壁画中从"圣方济各的生平"中选择的28个故事。

第一个故事《方济各受到普通人的礼遇》：

"一位阿西西的普通人把他的披风铺在圣方济各面前的路上，并向他的行进表示敬意。此外，坚守信仰的、受到上帝启发的人相信方济各值得尊敬，因为他很快就要完成神圣的使命，所以他应该被众人敬仰。"（玛利纳吉里神父，下同）

我认为整个壁画带可能从第二个故事开始绘制，第一个故事是最后才画的，可能是因为要使画幅接系，即第一幅与最后一幅要呈现连接的关系。

《方济各受到普通人的礼遇》，乔托及助手，1297—1299年，阿西西圣方济各大教堂上教堂

《梦见斯波莱托的宫殿里摆满了兵器》，乔托及助手，1297—1299年，阿西西圣方济各大教堂上教堂

第二个故事《梦见斯波莱托的宫殿里摆满了兵器》：

"第二天晚上，熟睡的圣方济各看到了一座华丽的宫殿，里面装满了镶嵌着基督十字架的兵器，当他问这些东西属于谁的时候，上面有个声音回答说这些都属于他和他的骑士们。"

第三个故事《方济各把他的披风给了一个贫穷的骑士》：

"方济各遇到了一个贵族骑士，但是他穷困潦倒，衣衫褴褛，看到他如此贫穷，方济各动了恻隐之心，他立刻把自己的披风脱下来给这个骑士穿上。"

按传统说法，方济各原本骑着马去从军，圆他的骑士梦，先出现了第三个故事，晚上发生了第二个故事，他原以为是上帝要他从军，其实上帝是要他建立圣方济各会。

而20世纪的英国杰出作家和神学家G.K.切斯特顿的《方济各传 阿奎那传》的故事更有历史感：

阿西西和附近的佩鲁贾经常爆发冲突，有一次方济各和他的伙伴们拿着长矛加入了战斗，却成了俘虏，被关在狱中。他大病一场，在地牢中，他做了类似第二个故事的梦。他被释放后，马上拿起武器，跨上战马，穿过阿西西高高的城门去参战，他自豪地大喊："我会像王子一样归来。"

但走了一段路后，他又病倒了，而且病的时间很长。方济各又做了个梦，梦里有一个声音对他说："你误会了异象的含义。回到你的家乡去吧。"

方济各于是起身，拖着病弱的身子回到阿西西去，他感到无比失望、忧郁，可能也受到了别人的嘲笑，但除了在阿西西等待以外，他实在是想不出可以做点别的什么事。"这是他人生中第一次来到一个阴暗的幽谷，这就是所谓

《方济各把他的披风给了一个贫穷的骑士》，乔托及助手，1297—1299年，阿西西圣方济各大教堂上教堂

《在圣达米安诺十字架前》，乔托及助手，1297—1299年，阿西西圣方济各大教堂上教堂

的使人谦卑的幽谷。当时的方济各觉得这个幽谷既坎坷又凄凉，但后来他在这里发现了美丽的花朵。"

有一天方济各徜徉在阿西西的城外田地时，骑着马来到一个偏僻的地方，看到一个麻风病人向他走来，他先是恐惧，然后下马向麻风病人奔过去，向病人伸出了双臂，并把身上所有的钱给了这位麻风病人。方济各骑马离开了，但当他回过头看的时候，路上空无一人。

第四个故事《在圣达米安诺十字架前》：

"圣方济各正在主的十字架前祈祷的时候，一个声音从十字架上传下来说道：'方济各，去把我的圣殿修一下吧，它快成废墟了，我说的就是那个罗马教堂。'"

第五个故事《放弃所有世俗的事物》：

"圣方济各把所有的东西都归还给父亲，他把衣服脱掉后宣布放弃父亲赋予他的所有贵重物品和土地，他说：从此以后我可以肯定地说：'我们的父在天堂里，因为彼得罗·迪·柏纳道已经与我断绝联系了。'"

主在第四个故事里说的教堂就是阿西西的圣达米安诺教堂，它显然被遗弃了，年久失修，破败不堪。为了修葺教堂，方济各先把自己的马给卖了，然后回家拿了他父亲的几匹布，上面插上神圣的十字架拿到市场上卖，希望借此告诉人们卖布的神圣目的。

《放弃所有世俗的事物》，乔托及助手，1297—1299年，
阿西西圣方济各大教堂上教堂

父亲老柏纳道却认为儿子是贼，他恼怒地大喊大叫，把方济各用锁链捆了起来，扔在家里的地窖里。等到方济各从地窖里被释放出来，他与父亲来到主教面前请求仲裁。主教对方济各说，他必须无条件地把钱还给他父亲，虽然他的动机是好的，但方法是不对的，这样不能获得上帝的祝福。

于是发生了第五个故事：

他把身上的衣服一件一件地脱下来，只剩下一件粗毛制成的衬衣。

切斯特顿叙述道：

他把衣服堆成一堆，把钱扔在衣服上，然后转向主教，请求主教祝福他，就像一个要遁世的人一样。据说，他随后就从屋子里出去，走进了冰凉的世界。当时真的很冷，地上还有积雪。对他人生中这次危机的记载里还有一个意义深远的细节：方济各穿着粗毛制成的衬衣，半裸着走进了冬天的树林，脚下是冻土，身旁是霜雪覆盖的树。他刚刚失去了父亲，身无分文，没有双亲，没有产业，没有计划，没有任何希望。但当他走进萧瑟的树林时，突然唱起歌来。

方济各四处寻找石头来建教堂。他乞求所有他遇见的人给他石头，他变成了一种新型的乞丐，使乞丐的形象彻底改观。他乞讨的不是面包，而是石块。也许，正是通过贯穿他一生的奇怪的生活方式，他才意识到正是因为他的请求很奇怪，所以才会变得很流行。

当时，有两个人率先意识到灵魂世界发生了重大事件，一个是家庭富裕的市民伯纳德，另一个是邻近教堂的教士彼得。伯纳德放弃了舒适的生活，彼得放弃了教会的仕途，追随方济各。3个怪人在麻风病院旁边盖了一个小棚子，从事照顾麻风病人这种危险辛苦的工作。

第六个故事《教皇英诺森三世的梦》：

"教皇梦见拉特兰大教堂即将倒塌，这时一个瘦弱的穷人，就是圣方济各，他用肩膀顶着教堂，阻止它倒塌。"

《教皇英诺森三世的梦》，乔托及助手，1297—1299年，阿西西圣方济各大教堂上教堂

第七个故事《确立教规》：

"教皇英诺森三世通过了会规，准许方济各传教，并允许陪同圣方济各前来的修士剃发，这样他们就能宣讲圣言了。"

三人团体又接纳了一个叫埃吉迪奥的穷工人，方济各建立了"小兄弟会"，里面的人被称为"托钵修士"，决定他们应该要发3个愿——贫穷、圣洁和顺服。方济各的修会和传统修会的主要不同之处在于，他的修士是游走四方的，似乎有些流浪汉的感觉，而以前的修士则是定居的。当方济各打算进军罗马、成立方济各修会的时候，全世界只有12个方济各会修士。

教皇英诺森三世当时正漫步于拉特兰大教堂的柱廊上，无疑是在斟酌困扰他的教权统治问题。这时，突然有一个农夫装束的人出现在他的面前，刚开始他以为是个牧羊人。教皇快速地将牧羊人打发了，可能觉得这人是疯子吧。但是接着他就做了第六个故事所说的梦。不论这是事实，抑或仅仅是个异象，重要的是，之后方济各赢得了罗马教皇的注意和好感。

切斯特顿继续告诉我们：

方济各的第一个朋友是红衣主教圣保罗的乔瓦尼，在专门讨论方济各的红衣主教会议上，他极力支持方济各。有意思的是，对成立方济各会的质疑主要集中在这种新的修会形式对于软弱的人性来说会不会太难。天主教会一直反对过分的禁欲主义和它带来的恶果。他们的意思可能是，正是因为这种修会形式实现起来太困难，所以它会变得很危险。从某种意义上说，托钵修士几乎和传统的修士恰恰相反。传统修道生活的价值观是，他们不仅遁出伦理的生活，也遁出经济的生活。正是因为他们的隐遁，他们才得以做使世界永远感激不尽的工作，如保留经典著作、开启哥特时代、架构科学和哲学框架、为手稿做插

《确立教规》，乔托及助手，1297—1299年，
阿西西圣方济各大教堂上教堂

图、绘制彩色玻璃，等等。对于一个传统的修士来说，他的经济社会已经确定了，他知道自己会在哪里吃晚餐，虽然是非常朴素的晚餐。

但是托钵修士却不知道他会在哪里吃晚餐，也有可能吃不到晚餐。托钵修士总是带有一点浪漫的成分，就像流浪汉或者探险家一样。但同时，他们又带有潜在的悲剧成分，就像游民或者打工者一样。

红衣主教圣保罗的乔瓦尼曾经说过这样的话：托钵修士的生活是艰苦的，但这毕竟是福音书里所说的理想生活。人们可能觉得这种生活不够明智或者不够人性化，但不能说那些可以承受这种生活的人不应该过这种生活。当我们看到方济各的人生中最高尚的、可以称为效仿基督的一面的时候，我们就能领会这位红衣主教这种说法的重要性。当时的讨论结果是，教皇口头许可了托钵修士运动，后来又许诺，如果方济各的运动发展到更大的规模，他会给予更明确的支持。英诺森三世的头脑与常人不同，他可能一开始就意识到方济各的运动一定会发展壮大，不论如何，教皇还来不及怀疑这一点，运动规模就已经迅速扩大了。这场运动接下来的一个历史篇章是，越来越多的人要求加入。而托钵修士运动一旦开始发展，必然比以前那种对资金和场地要求比较高的修道院的发展迅速得多。甚至那12个先锋从教皇那里回到原驻地的旅程也成为胜利的宣告。据说，当他们到了某个城镇的时候，全镇的男男女女、老老少少都要求放弃自己的工作和财产，乞求方济各允许他们加入上帝的军队中。

第八个故事《火焰战车异象》：

"圣方济各正在圣殿里祷告，他与城外另一处聚在一起的修士们离得很远，但是他们看见圣方济各在一辆明亮的火焰战车里，在接近午夜的时候在他们的隐修之地徘徊，隐修之地被照得亮如白昼，那些还没睡以及睡了又醒的人既震惊又害怕。"

乔托在此画中对色彩的运用很独特，天界、地界几近同一色调，充分表现了圣方济各的形象。

第九个故事《方济各在天堂里的座位》：

"一位修士抬头看到天空有很多座位，其中一个座位比其他的座位更华丽，然后他听见一个声音说：这个座位原本属于为他们的举动感到骄傲的天使，现在是谦卑的方济各的了。"

《火焰战车异象》，乔托及助手，1297—1299 年，阿西西圣方济各大教堂上教堂

《方济各在天堂里的座位》，乔托及助手，1297—1299 年，阿西西圣方济各大教堂上教堂

第十个故事《把魔鬼赶出阿雷佐》：

"圣方济各看到很多魔鬼在阿雷佐城的上方肆意放纵，他对修士西尔韦斯特罗说，以上帝的名义把这些恶魔赶走——对着城门大声喊叫；西尔韦斯特罗遵照圣方济各的命令喊叫后，这群魔鬼四散逃走了，阿雷佐城的百姓很快又回归了平静的生活。"

《把魔鬼赶出阿雷佐》，乔托及助手，1297—1299年，
阿西西圣方济各大教堂上教堂

第十一个故事《在埃及的苏丹王面前接受烈火的考验》：

"为了验证对基督的信仰都是真实的，圣方济各挑战巴比伦的苏丹王的穆夫提们，请他们与他一起赤脚踏入熊熊燃烧的火堆中，没有人愿意跟他这样做，所有的人立刻从圣方济各和苏丹王的面前溜走了。"

《在埃及的苏丹王面前接受烈火的考验》，乔托及助手，1297—1299 年，阿西西圣方济各大教堂上教堂

第十二个故事《欢乐不已的方济各》：

"一天，当圣方济各正在虔诚地祷告时，修士们看见他整个身体都升了起来——他双臂伸向空中，一朵明亮的云包围着他。"

《欢乐不已的方济各》，乔托及助手，1297—1299 年，阿西西圣方济各大教堂上教堂

第十三个故事《格雷乔的婴儿床》：

"为了纪念基督的诞生，圣方济各命人取来稻草，并牵来一头牛和一头驴；然后他给刚出生的贫穷的王做了一次布道。圣方济各在祷告时，一个骑士看见婴儿耶稣就处在这位圣人放婴儿的地方。"

《格雷乔的婴儿床》，乔托及助手，1297—1299 年，
阿西西圣方济各大教堂上教堂

这个故事不好懂，切斯特顿的解释是：

据说，当圣方济各以他自己特有的、简单的风格导演戏剧《基督在伯利恒降生》的时候，国王和天使都穿着中世纪风格僵硬和装饰华丽的服饰，他还用金色的枝条来代表耶稣的光辉。这时候，一个充满了方济各的荣耀的神迹发生了——那个神圣的婴孩是用刻着幼年耶稣像的木娃娃来表示的，据说，当方济各抱起了那个木娃娃的时候，耶稣的像在他的怀里活了。他显然没想到耶稣之外的东西，但我们至少可以说有一种东西在他怀里获得了新生，那就是我们叫作戏剧的东西。

第十四个故事《为饥渴的人求来一股清泉》：

"圣方济各因为身体虚弱，骑在穷人的毛驴背上往山上走，看到这位穷人饥渴难耐，他便祷告上帝为穷人送来水，这时一股清泉从岩石下冒出，那里之前从来没有水流出过，之后也再没出现过。"

第十五个故事《为鸟儿布道》：

"在去往贝瓦尼亚的途中，圣方济各为很多鸟儿做了布道，它们欢快地飞舞着，伸长了脖子听他讲道。它们有的拍打着翅膀，有的张着嘴，有的触碰他的祭袍，这一切都被等在路边的修士看在眼里。"

《为饥渴的人求来一股清泉》，乔托及助手，1297—1299年，阿西西圣方济各大教堂上教堂

《为鸟儿布道》，乔托及助手，1297—1299年，阿西西圣方济各大教堂上教堂

切斯特顿认为：

阿西西的方济各身材轻巧，他带有一种生动性，让他的身材看起来更加矮小——他的实际身材可能比看上去要高一些，他的传记作者都说，他是一个中等身材的人。他做事很积极，如果考虑到他的经历的话，可以说是个硬朗的人，他有着南方人特有的棕黑肤色，黑色的胡须又细又尖，就像画像上所画的小精灵的胡须一样。

他的双眼闪烁着火一般的光芒，让他不论是白天还是黑夜都有一股热情。跟大多数的意大利人相比，他的所言所行都带着童话剧里的人物才有的特殊的热情。但是，同大多数的意大利人相比，他的举手投足之间更加有礼貌，或者更加热情好客。

生动性和礼貌其实都是一个人内在品质的外在表现，很多人可能看似有这种品质，其实并没有，正是这种品质将方济各从大多数人中分别出来。

方济各的确是极富戏剧天赋的人物，但他与专注于自我表演的舞台演员截然不同，证明方济各之戏剧天赋的最佳证据是其喜爱大自然——上帝的创造，人们通常将他的这个特征称为"热爱大自然"，其实这种描述并不准确，甚至可以说是错误的，因为他的喜爱不仅仅停留在大自然，而是透过它看到上帝宏大的故事和戏剧。

如果我们能够恰当地理解"热爱大自然"这种表述的话，那么方济各恰恰不是热爱大自然的人，"热爱大自然"这个表述隐含着把物质的宇宙当作一种模糊的环境来接受，本质上是一种感性的泛神论。在浪漫主义文学盛行的时候，在拜伦和司各特的年代，我们很容易想象，一个住在破败庙宇里的隐士（最好是在月光下），在庄严的森林和沉静的星辰中找到安宁甚至是喜悦。与此同时，他沉思着一个卷轴或者一本书的内容，隐士可能把自然当作一种背景来爱。但对于方济各来说，没有任何东西是仅停留在背景里的，可以说，他的头脑里没有背景，唯一的例外可能是把受造物从神圣的黑暗中呼召出来，并赋予它们着了色的圣爱。方济各把所有的事物都看作戏剧化的，它们都从背景中跳出来，变成立体的。它们不像一幅画里的物体，而像在戏剧里，是活动的。

即使在幻想的仙境里，他也对花草、动物甚至没有生命的受造物保持着他惯有的尊敬。圣方济各是个可以给猫道歉的人，有一次，他要在一个树林里讲道，一群小鸟叽叽喳喳地叫个不停，方济各优雅地说："小姐妹们，你们已经发言了，该轮到我说话了。"所有的小鸟马上沉默了。

《骑士死亡的预测》，乔托及助手，1297—1299年，阿西西圣方济各大教堂上教堂

第十六个故事《骑士死亡的预测》：

"圣方济各祈求上帝救赎切拉诺的一位骑士，这个人真诚邀请圣方济各赴宴，当他忏悔完并把事情交代清楚后，当别人还在餐桌上坐着的时候，他就突然倒在主的怀里去世了。"

第十七个故事《在教皇霍诺留斯三世面前讲道》：

"圣方济各在教皇和红衣主教面前的布道如此虔诚，如此深刻，他使用的明显不是人类智慧的语言，而是蒙神启发后讲的圣言。"

第十八个故事《圣灵出现在分会的修士面前》：

"当帕多瓦的圣安东尼正在阿尔勒分会（修道院）讲述十字架的故事时，本来不在那里的圣方济各突然在修士面前现身，他伸开双臂为修士们祈福。"

第十九个故事《方济各接受圣痕》：

"在拉维纳山坡上布道的圣方济各看见基督以六翼天使的形象出现，基督在他的手、脚和右肋上印下了我主耶稣的圣痕。"

《在教皇霍诺留斯三世面前讲道》，乔托及助手，1297—1299 年，阿西西圣方济各大教堂上教堂

《圣灵出现在分会的修士面前》，乔托及助手，1297—1299 年，阿西西圣方济各大教堂上教堂

《方济各接受圣痕》,乔托及助手,1297—1299年,阿西西圣方济各大教堂上教堂

这是方济各一生的最高潮,无数的画家描绘过此情此景。

方济各和一个年轻的同伴一起散步的时候,经过一座灯火通明的城堡,人们在热烈地庆祝城堡主人的儿子获得骑士的荣誉。方济各和他的同伴们以他们美好、随意的方式走进了这座城堡,带给城堡里的人他们特有的好消息。城堡中有些人听了方济各的话,感觉他就像上帝派来的天使,其中有一位绅士叫丘西的奥兰多，他在托斯卡纳有大量的地产，他谦恭地赠送给方济各亚平宁山脉的拉维纳山（在山的顶峰总是有一片镶着荣耀金边或光环的乌云）。方济各把这座山用于个人隐修，从不曾邀请任何人同去。

有一天在这座大山上出现了超自然的神迹。

方济各经历了类似《启示录》里那些长满了眼睛的创造物的感官意象，切斯特顿是这样描述的：

圣方济各看到他头上的天空被巨大的六翼天使撒拉弗所覆盖，撒拉弗的翅膀是张开的，看起来就像一个十字架。究竟是这个长着翅膀的庞然大物真的被钉在了十字架上，还是它只是张开它的翅膀，做出耶稣受难的形象？这是个奥秘。

不论意象的含义究竟是什么，它的轮廓是很生动的，势不可挡。圣方济各看到整个天空充斥着一种巨大的、无法想象的力量，就像远古时期的人想象中长着翅膀的牛或者可怕的天使，那种长翅膀的神物仿佛忍受着痛苦，就像受了伤的鸟一样。据说，撒拉弗的痛苦像一支悲伤和怜悯的箭，刺穿了方济各的心灵。最后，那个景象从天上退去了，痛苦也消失了，一切又恢复了平静，新鲜的空气充满了晨曦，慢慢地停留在亚平宁山脉那紫色的山谷上。

那位孤独的首领也平静了下来，万籁俱寂，时间静静地流逝，就像停止了一样。当他低头的时候，看见了自己手上的钉痕——双手、双脚上和肋旁的伤痕在方济各的余生都会定期流血。

马克·加利的《圣法兰西斯和他的世界》介绍说：

这种伤痕被称为圣痕,来自希腊语Stigma,意思是"特殊的记号"或者"伤痕"。这个词能够在保罗给加拉太教会的书信中找到,信中写道:"我身上带着耶稣的印记。"

起初,方济各试图遮掩这些伤痕,甚至设法不让他最亲密的门徒知道。但是,这些门徒在护理方济各时注意到他在流血。当他们纠缠着他问个究竟时,他只好告诉他们发生的事情,但让他们保守秘密。"虽说他试图隐藏他在田野中找到的宝物",波纳文图拉评论道,"他还是阻止不了别人看到他手上、脚上的圣痕。尽管他总是遮着手,并且从那时候起就一直穿着鞋。"

第二十个故事《圣方济各之死》:

"圣方济各去世的时候,一个修士看见他的灵魂变成一颗明亮的星星升入了天堂。"

方济各领受圣痕后,不断地骑驴外出旅行,但他的身体状况每况愈下,不得不接受治疗,并忍受各种治疗的痛苦,尤其是在治疗眼睛时,在没有任何麻醉措施的情况下,用烙铁灼伤他眼睛附近的肌肉,从耳朵一直到眼骨。当医生把烧红的烙铁从火炉里拿出来的时候,方济各礼貌地站起来说:"火兄弟,上帝使你美丽、有力、有用。我祈求你对我温和一些。"

今天的医学专家认为方济各患有骨质疏松症、严重的营养不良(很可能是由于过度禁食造成的),还可能患有肺结核或肠胃溃疡症以及疟疾(可能是在北非患的后遗症)。他的肚子开始肿胀,脚和腿也都因积水浮肿严重,无法进食。

圣方济各被迅速从外地带回阿西西。

《圣方济各之死》，乔托及助手，1297—1299 年，阿西西圣方济各大教堂上教堂

"在生命的最后时刻,方济各请求身边的人把他从简陋的床上抬到光秃秃的地上。有的人说,他最后只穿了件粗毛制成的衬衫,就像他当年穿着粗毛衬衫离开父亲、走进冬日的树林一样。这是他最后一次宣布他一生中最伟大的想法,他躺在地上,赤身露体,一无所有,他最后一次仰天大声赞美和感谢上帝。当他躺在那里的时候,我们或许能确定,他的灵魂在最后一次远离众人的时候,面对面地看见了道成肉身的上帝和被钉在十字架上的基督。"(G.K.切斯特顿,《方济各传 阿奎那传》)

第二十一个故事《圣方济各去世后出现的异象》:

圣方济各去世的时候,意大利南部的神父奥古斯丁也奄奄一息,有段时间他已经不能说话了,但他突然大喊:"神父,等等我,我和你一起走。"然后他就跟随圣方济各的脚步去世了。此外,阿西西的主教在大天使圣米迦勒山上看见圣方济各对他说:"主教,我要升入天堂了。"

第二十二个故事《检验圣痕》:

当圣方济各的遗体躺在宝尊堂后,著名的博士和学者梅塞尔·哲罗姆用手动了动圣方济各的指甲,并检查了圣人的手、脚和肋骨处的圣痕。

马克·加利认为,没有理由怀疑圣方济各是否有这些伤痕,确实,证据是非常充足的,除了许多证人之外,塞拉诺的托马斯描述了这些伤痕的细节:"他手掌内侧的伤痕是圆形的,外侧是椭圆形的,肌肉的一些部分能够看见,像钉子的头被弯曲并砸平。"

这些伤痕是怎么形成的呢?一些学者认为可以解释为一种特殊心理经历的外在反映。方济各非常渴望他能完全像基督,以至于他的精神说服身体产生

《圣方济各去世后出现的异象》，乔托及助手，1297—1299年，阿西西圣方济各大教堂上教堂

《检验圣痕》，乔托及助手，1297—1299年，阿西西圣方济各大教堂上教堂

第二章 圣方济各大教堂的壁画故事

了这些如钉在十字架上的伤痕。有的人认为这些伤痕可能是因为方济各得过麻风病或结核之后留下的，或许是方济各自己制造的伤疤，当然，他不是为了欺骗，而是他又一次效法基督的戏剧性的表白。

考证圣痕的由来已经超出科学和历史能力的范围。方济各和他的门徒当然相信伤痕是个神迹，更重要的是，对于波纳文图拉和其他人来说，圣痕是灵命的完成，这一灵命从十字架启示开始，献身于效法基督。正像波纳文图拉说的那样："基督的十字架在你信仰之初向你呼召，并从那一刻起，你整个一生就一直背着十字架，它清晰地显示，你最后到达了福音完美的顶点。"

第二十三个故事《贫穷嘉勒会修女的哀悼》：

集合起来的修女们把一些树枝和大量点燃的蜡烛带到阿西西，信仰上帝的圣嘉勒和其他修女看到了装饰着来自天堂的宝石的圣人遗体。

《贫穷嘉勒会修女的哀悼》，乔托及助手，1297—1299年，阿西西圣方济各大教堂上教堂

第二十四个故事《追封方济各为圣徒》：

神圣的教皇只身来到阿西西，认真地检查方济各的非凡事迹后，他在修士们的见证下追封方济各为圣徒，并将他列入圣徒列表中。

《追封方济各为圣徒》，
乔托及助手，1297—1299 年，
阿西西圣方济各大教堂上教堂

《再次确认圣痕的事实》，
乔托及助手，1297—1299 年，
阿西西圣方济各大教堂上教堂

第二十五个故事《再次确认圣痕的事实》：

当教皇格里高利对圣方济各右肋的圣痕心存怀疑时，圣方济各就给他托了个梦，在梦中对他说："给我一个空瓶子。"教皇接过瓶子后，他看见瓶子里装满了从圣痕处流出的血。

第二十六个故事《治愈病人》：

圣方济各用手解开了病人身上的绷带，并小心翼翼地触摸伤口，很快就把医生说救治无望、行将就木的乔瓦尼·迪·伊莱尔达治愈了，医生们虽然已无计可施，但他们仍为受伤的乔瓦尼虔诚地祷告。

《治愈病人》，
乔托及助手，1297—1299 年，
阿西西圣方济各大教堂上教堂

《一个摆脱死亡的妇女的忏悔》，
乔托及助手，1297—1299 年，
阿西西圣方济各大教堂上教堂

第二十七个故事《一个摆脱死亡的妇女的忏悔》：

圣方济各让一个已经死亡的女人复活了，她在神职人员在场的情况下又讲述了一件罪恶的事，然后去世了，她在主那里得到了安眠，逃走的恶魔也困惑不已。

第二十八个故事《释放一名罪犯》：

圣方济各带着教皇授予主教的命令释放了一个被控告犯了宣传异教邪说的罪犯。这件事发生在款待圣方济各的宴会期间，宴会举行前夕，这个犯人按照教堂习俗需要禁食。

《释放一名罪犯》,乔托及助手,1297—1299年,
阿西西圣方济各大教堂上教堂

对于乔托壁画带,陈英德的《乔托》评论道:

圣方济各逝世约40年后乔托出生,圣方济各与乔托几乎是同一时代的人,因此圣方济各故事所叙述的人和事差不多是乔托时代的人和事。圣方济各故事人物是一些不同于新旧约圣经里那种有神秘光环的人,在描绘上不需要太华丽与崇高,如乔托后来在帕多瓦斯科洛维尼礼拜堂所表现的那样,他对圣方济各故事的描绘直接而生动。如果我们仔细审视乔托这组壁画,必须承认,乔托在此处所绘的方济各教派的修士们,方正的脸,强壮的脚踩在地上,朴素的举止,是一心追随圣方济各的人。乔托对方济各这位著名圣者的诠释也不怎么神秘,我们看到的是一个虔诚笃信神的人物,他的举止坚定且属于世俗,属于

地面，并没有散发出什么神圣的激情，或有什么不可抗拒的能量。

乔托在人物脸部五官的描绘上有其特殊之处，不仅在阿西西新旧约故事和圣方济各故事中，到了晚期，他在佛罗伦萨巴尔迪礼拜堂的壁画也有同样的特征，例如狭小的耳朵和嘴、挺硬的鼻子、眼睛靠近鼻子和在脸颊上拉成细长的一条线。人物中年纪较轻者额头较平滑，年长者则横纹深陷，眼尾有鹅掌式的皱纹。所有的人物都有一种凝视的眼神，或固定，或相互顾盼，从各个角度吸引观者。

乔托的圣方济各组画的另一个特点是画中所描绘的建筑物的风格，这并不是为创造出一种空间而设计的，而是意大利建筑传统加上新兴的哥特式，是和乔托同一时代的建筑形态，有些几乎是当时建筑的复印版，如阿西西民众大厅和市政厅广场的密涅瓦神殿，便出现在《方济各受到普通人的礼遇》这幅画上。

二

阿西西圣方济各大教堂的上教堂的建筑结构也有其他精彩的地方。上教堂有个西克斯图斯四世回廊，可惜我被乔托的壁画带完全吸引住，忽略了这里。

据《阿西西：艺术与历史》介绍，在这个回廊里，我们可以呼吸到文艺复兴的气息，回廊由方济各会教皇西克斯图斯四世赞助。1474—1476年间，教皇委托安东尼奥·达·科莫修建这个回廊，它是一个两层的凉廊建筑，回廊的中间有个蓄水池，可以储存供教堂和修道院所用的大部分雨水。

环绕回廊一周，从上到下，人们可以看到飞扶壁，还有16世纪的工匠制造的铁制饰物，以及阿西西画家多诺·多尼（Dono Doni，约1500—1575）在墙壁上留下的大量壁画。不幸的是，现在大部分壁画都损坏了。这些壁画描绘

西克斯图斯四世回廊

了圣方济各的生平，有些表现的是他追随基督的脚步布道的故事。

教堂后殿的壮观景色在回廊的背阴处，后殿高大而明亮，赫然耸立在眼前，它的下部是半圆形的，上边是多边形的，哥特式的大窗户把里面照得通亮，后殿两侧是两个圆柱形的塔。

回廊的中间是图书馆，藏书量8万余册，最重要的收藏是1000多本手稿、356本古版书籍、3500本早期版本的书籍和5000份底稿，以及一些稀有的古版书。十四五世纪时，它成了欧洲重要的图书馆之一，只有巴黎索邦神学院的图书馆和阿维尼翁的教皇图书馆才能超越它。

上教堂底层是一对哥特式的入口门廊，面朝东，上方是一个尖拱，拱脊下方是一扇暗玫瑰窗。

上教堂的大门未经装饰，看上去非常简朴，它似乎是在强调方济各会的简单，只是作为通往艺术和宗教殿堂的入口。就大门的基本线条和中部的玫瑰窗来说，这部分是罗马风格的；大门的两个入口是法式哥特风格的，这使整个建筑看起来非常漂亮，外观简朴，布局匀称，选用的建筑材料为苏巴修山的粉色和白色的石块。

中间那层是长方形的，用一条刻有花卉与动物图案的浮雕饰带与底层分开，饰带两头各有一个抽象的鹰的造型。中部是一扇制作精美的玫瑰窗，窗户周围有4个福音传道士的象征物：圣马太的天使、圣路加的牛、圣马可的狮子、圣约翰的鹰。

最上层是三角形的山墙，中部留了一个小眼洞。

游客们从这个神圣的大门进去的时候都庄严肃穆，屏气凝神，因为很多朝圣者的理想已经达到了。有人把它定义为"祷告者最漂亮的祷告地"，有人说它是"意大利哥特式建筑的典型代表"。

教堂内部那条唯一的过道被一些小隔间分开，很长也很明亮，纤细优雅的石柱支撑着上方的尖拱和肋拱。光线从两个镶嵌着华丽彩色玻璃的两开门的入口门廊和上方的玫瑰窗照进来，教堂里的阳光给人一种欢乐宁静的感觉。

三

上教堂的后殿和耳堂是由契马布埃装饰的，画面的颜色虽然已发生了很大的变化，但仍旧是他最好的作品。由于拜占庭和中世纪早期的图案已渐渐落伍，这就为乔托的绘画铺平了道路。

契马布埃原名切尼·迪·佩波（Cenni di Pepo，约1240—1302），1240年前后生于佛罗伦萨。年轻的时候，他经常与多明我会和方济各会的修士交往，并在阿雷佐、比萨和佛罗伦萨为他们作画。后来，他被教皇格里高利九世叫到罗马，由于和红衣主教加埃塔诺·奥尔西尼是好朋友，在他的介绍下，契马布埃与罗马画派的雅科波·托利蒂（Jacopo Torriti，活跃于1270—1300年）、彼得罗·卡瓦里尼和菲利波·鲁素蒂也成了亲密的朋友。1278年春，他与托利迪、鲁素蒂和卡瓦里尼一起到了阿西西，后3位在正厅里创作了取材于《圣经》的壁画，契马布埃到1285年底终于完成了上教堂后殿区域的壁画。回到佛罗伦萨后，他就去世了。

后殿里画的是《圣母的生平》。右边耳堂区域内创作的壁画是从《使徒行传》中选择的场景，表现的是圣彼得和圣保罗的故事，此外还有《耶稣受难图》《主显圣容》和《耶稣的荣耀》。左边耳堂描绘的是《启示录》的场景，祭坛的后面是一幅巨大的《耶稣受难图》。

拱顶上描绘的是4位福音传道者与他们所在的传道城市的画面：圣马太在耶路撒冷、圣马可在罗马、圣路加在科林斯、圣约翰在以弗所。

《阿西西：艺术与历史》介绍说：

就像在镶板上作画一样，契马布埃也使用蛋彩在墙壁上作画，由于墙上最后一层灰泥还没刷好，所以蛋彩颜料里的水分能够渗入进去，改变画的颜色。此外，他还在颜料里加入了有毒的白色铅粉，这种混合的颜料时间一长就会发黑，明亮的区域变成了暗淡的区域，使得整个壁画看起来就像相片的底片。

不过，即使这样，那幅《耶稣受难图》仍然十分精彩。画的上方是一群哭泣的天使，他们在耶稣周围盘旋，把他身上流出的血装在圣杯里；画的下方有两组人，他们都很激动，有的支持基督，有的反对基督；十字架下方跪着的是圣方济各。

《耶稣受难图》，契马布埃，1285年左右，阿西西圣方济各大教堂上教堂

契马布埃的壁画下面是精致的木质唱诗班席位，就像一件宝贵的纪念品，完美地镶嵌在上教堂的艺术品中。1491年，受方济各会总会长弗朗西斯科·桑索内的委托，来自圣塞韦里诺-马尔凯的多梅尼克·因多维尼和一群雕刻大师花了10年时间才将它完成。当时，这套席位总共花了755块金币。唱诗班席位制作得相当精致，102个席位是哥特式风格的，每个席位都有一个山形的面，中间雕刻着大量的玫瑰图案，席位两边还有细长的尖顶。

席位上镶板的背面描绘的是一系列圣人、学者、作家和方济各会的一些重要人物的画像，教堂里一排排的座位就像是对方济各会信仰的虔诚的赞美。每个画板都有一个嵌花框架，画里的人物都在神圣的花环似的拱门下站着，这些人物只描绘了上半身，有的可以看到正面，有的只能看到侧面，但每个人物都体现出丰富的心理变化。其中有两个人物特别引人注目：圣母和大天使加百利（在唱诗班席位进入后殿的外角区域），这两个人物相互对视，共同组成了《天使报喜图》。

《天使报喜图》，多梅尼克·因多维尼，1491—1501年，阿西西圣方济各大教堂上教堂

《阿西西：艺术与历史》还写道：

当光线从德国、法国和意大利的大师制作的彩色玻璃窗照射进来的时候，大教堂真是美轮美奂，尽管它们并没得到完整的保存，但这28扇原始的窗户共同构成了13—14世纪最杰出的宗教艺术成就。就美丽与历史的重要性看，这一收藏体现了3个之最：它是意大利最古老的彩色玻璃窗；这些卡通画是由当时最杰出的艺术大师（有契马布埃、乔托、西莫内·马丁尼）创作的；它体现了最全面的风格样式和技艺。

这些窗户通过色彩的神奇转换改变了照射进来的自然光。

13世纪中期制造的第一扇彩色玻璃窗在上教堂的后殿那里，然后是正厅，上面描绘的主题要么是《圣经》故事，要么是圣人的肖像。

彩色玻璃窗，德国、法国、意大利大师制作，13—14世纪，阿西西圣方济各大教堂

有关阿西西大教堂的第一份文件记录是在1228年3月12日，当时西蒙·迪·普恰雷洛以修建"迎接圣方济各的圣体"的建筑之名捐赠了一块土地。1239年7月31日，有人以建设"圣方济各教堂"之名又捐献了一块土地。1246年12月，教堂买下了修士们占有的那块土地，至此，原有的建筑面积被扩大了。

人们把教堂的地址选在一个陡峭的树木茂盛的地区，这个地方在城外，叫作"地狱山"，因为这里是死刑的执行地。但不久以后，随着圣方济各遗体的到来，人们又称这里为"天堂山"。

建设工作由埃利亚斯兄弟统筹，他们大胆勾画了上、下两个教堂的模式，由科马奇纳大师指导。1228年7月16日，教皇格里高利九世为教堂奠定基石之后，宣布方济各为圣徒。下教堂在1230年完工，同年4月22日，教皇格里高利九世宣布该教堂为方济各会的"领导者和母堂"，并称该教堂受自己的保护。5月25日，圣方济各的遗体从圣乔治礼拜堂庄重地转移到下教堂里。

钟楼和上钟楼的基础结构在1236年完成。1253年，当教皇英诺森四世从阿维尼翁返回阿西西时，他单独为上教堂祝圣。13世纪最后的25年主要是建设下教堂的入口礼拜堂，所有的建筑都完整地保留了下来，只有那个伦巴第罗马风格的60米高的钟楼在1530年因被雷电击中而损坏了塔尖。

当时的杰出艺术家立刻被召来装饰教堂：第一个到这里的是吉安塔·皮萨诺（Giunta Pisano，约1180—1250），然后是契马布埃，罗马大师彼得罗·卡瓦里尼和雅科波·托利蒂，再后来是乔托、西莫内·马丁尼、洛伦泽蒂兄弟和一大批追随者。

四

进入下教堂,首先映入眼帘的是由罗马卡斯莫迪(Cosmati)家族的建筑与雕塑大师制作的主祭坛,往祭坛上方看去,可以看到拱顶的4个区域绘制的4幅寓言画。文艺复兴时期的艺术家和传记家瓦萨里说,这些壁画都是乔托所作,严格地说,是乔托工作室的作品,乔托只是构图者,而不是绘图者,壁画由他的助手完成。但近来一些评论家认为这几幅壁画是一位不知名的画家创作的,人们称他为"维莱的大师"(Maestro delle Vele),他根据圣方济各关于贫穷、圣洁和顺服的3个誓言描绘了圣方济各荣耀升天的画面。

《贫穷的寓言》描绘的贫穷是一位长着翅膀、衣衫褴褛的妇女,底下左、右两边的孩子分别向她扔石块并用树枝鞭打她。但在天使的围绕下,基督为圣方济各与她证婚。左边的人群中有青年脱下衣服,准备效仿方济各,右边则有人面露嘲讽之色。这种表现手法在今天颇为新奇,非常有意思。

《贫穷的寓言》,"维莱的大师",约1334年,阿西西圣方济各大教堂下教堂

《圣洁的寓言》,"维莱的大师",约1334年,阿西西圣方济各大教堂下教堂

《圣洁的寓言》中,代表圣洁的女子坐在城堡中,只有天使才能接近她,方济各派出的3名修士需要长途跋涉,攀登至山巅。

《顺服的寓言》更为复杂。在修士会堂中,顺服这位夫人在两位代表慎思与谦卑的妇人的护卫下,要求大家安静,并把枷轭置于跪在她面前的一位僧侣的头上,这样的枷轭也戴在显灵于教堂屋顶的圣方济各的头上。画面右下角,一个人头兽身的怪物是傲慢的化身,在旁静伺着。

《圣方济各荣耀升天》描绘圣方济各在众圣人的拥护下,全身金装,坐在由天使抬举的座椅上。

《顺服的寓言》，"维莱的大师"，约 1334 年，阿西西圣方济各大教堂下教堂

《圣方济各荣耀升天》，"维莱的大师"，约 1334 年，阿西西圣方济各大教堂下教堂

契马布埃于1280年前后到达阿西西,下教堂耳堂右边的精美作品《宝座圣母像》就出自他之手:甜美忧郁的圣母坐在豪华的宝座上,身边围着4个大天使,天使右边是最著名的"(圣方济各)穷人像",这与研究方济各的第一位传记作家托马索·达·塞拉诺的描绘是一致的:

他的肖像很小,圆圆的头顶,周围梳着整齐的头发,脸庞椭圆,眼睛向前看着,额头低而平滑,眼睛不大不小,看着很坦诚,发色较深,眉毛很直,鼻梁很挺,小小的耳朵贴着脑袋,鬓角平平;他讲话时而温和,时而热情洋溢,分析深刻透彻,虽然声音洪亮,但甜美悦耳;他的牙齿洁白又整齐,嘴唇薄而小巧,胡子很黑但是稀疏;他的肩部挺直,瘦弱的双手长着修长的指头和指甲;他的双腿细长,长着一双小脚,但皮肤看起来很娇嫩;他很瘦,穿着一件粗布短袍,好像没睡好,但他是最慷慨大方的人。他很谦恭,愿意听取所有人的心声,并能根据别人的言行做出相应的回应。

《宝座圣母像》,
契马布埃,1280年左右,
阿西西圣方济各大教堂下教堂

第二章 圣方济各大教堂的壁画故事

下教堂右边耳堂里有一圈很宽的壁画饰带（约1310年）。壁画描绘的是婴孩时期的耶稣，是乔托画派的画家根据福音书和传说故事创作的。

　　《基督诞生》的场景描绘得相当生动传神。小棚屋独立在山前，山峰之间的那颗星星好似在向下偷看。天使们各有各的职责：棚屋上面的天使高唱"至高之处荣耀归于上帝"，棚屋侧面的天使则在敬拜圣婴。牛和驴子温柔地看着刚出生的圣婴，羊群好像也想加入这个欢欣的场景。约瑟蹲在那里若有所思，圣母则坐在榻上抱着孩子。耶稣在这幅画里出现了两次，一次是坐在母亲的膝盖上，一次是窗榻下的一个女人一只手抱着他，另一只手在摸他的小鼻子，好像在逗他笑，而她旁边的那个女人已经准备好了他要沐浴的东西。画中的每个人都活在自己的世界里，所以整幅画看起来不够连贯。

《基督诞生》，乔托画派画家，约1310年，阿西西圣方济各大教堂下教堂

《逃往埃及》则是一个诗意的、轻松的场景。画面中只出现了几个重要的人物，丰富的细节让故事变得生动起来。

画里的环境恶劣而严酷，自然环境集中在人物的周围，山一直绵延到他们的脚下，低矮的灌木、小树和棕榈都向耶稣那里倾斜。约瑟在前面拉着驴子引路，累得弯下了腰，他回过头来看着玛利亚，他的左肩上扛着一截短木棍，上面挂着一包行李。

圣母玛利亚坐在驴背上，双手紧紧抱着孩子，她把圣婴绑着挂在自己的脖子上，她看着约瑟，好像在鼓励他坚持住。他们后面跟着两个人，年轻的用棍拍着驴屁股，像在催它走得快点。他们的上方是两个天使：一个往前看，一个向后看，好像是害怕希律王追上来。

《逃往埃及》，乔托画派画家，约 1310 年，阿西西圣方济各大教堂下教堂

《屠杀无辜者》场景中人物众多，怀抱婴儿的母亲姿态各异，痛苦的表情也各不相同。

站在高楼上的希律王和几位祭司下令处死城内所有新生的婴儿，以防止新王的诞生。死去的婴儿的尸体堆在广场中间，执行任务的士兵面带迟疑和悲伤把守着所有的出口。周围的房子正对着广场，房子的轮廓在明亮的背景中显得特别清晰，蓝色很纯净，就像被杀害的婴儿的灵魂。两匹马好像也在看着希律王——这个制造悲伤的始作俑者。

14世纪早期，锡耶纳的艺术创新活动发展迅速，成为哥特艺术风格的重

《屠杀无辜者》，乔托画派画家，约1310年，阿西西圣方济各大教堂下教堂

要传播中心,该艺术在绘画领域的杰出代表是彼得罗·洛伦泽蒂(Pietro Lorenzetti,约1280—1348)和西莫内·马丁尼(Simone Martini,1284—1344),这两位来自锡耶纳的画家在14世纪初的声望极高,他们取代了乔托和乔托工作室,并在阿西西的下教堂留下了自己的墨宝。

<h2 style="text-align:center">五</h2>

下教堂的唱诗班席位左边有一段楼梯从下教堂通到西克斯图斯四世回廊,这段楼梯是在右边的楼梯建好后不久修建的,是方济各会的修士进入修道院的入口。楼梯的结构是哥特式的,墙壁与楼梯之间的角落——昏暗拱廊的下面隐隐闪现出一幅令人惊恐的画面,它表现的是犹大死亡的恐怖场面。这幅壁画是彼得罗·洛伦泽蒂创作的。

尽管在当时的受难画中,"犹大自杀"这一主题很少有人描绘,但它是继《耶稣受难》之后在当时的布道中经常出现的主题。《马太福音》(27:3-5):"这时候,卖耶稣的犹大看见耶稣已经定了罪,就后悔了,把那三十块钱拿回来给祭司长和长老,说:'我卖了无辜之人的血是有罪的。'他们说:'那与我们有什么相干,你自己承当吧!'犹大就把银钱丢在殿里,出去吊死了。"

不过,彼得罗是在一个比较醒目的背景下制作这幅画,它一定有明确的含义。犹大身穿绿色衣服在一根木棍上上吊自杀,他的腹部已被划破。

《犹大自杀》应该与右边耳堂对应区域的《圣方济各战胜死亡》等内容联系起来。犹大自杀是因为他不信任基督,也不相信上帝的仁慈。而圣方济各通过"模仿十字架受难圣痕"敞开心扉,迎接上帝的恩典。这就形成了鲜明的对比。

《犹大自杀》，彼得罗·洛伦泽蒂，14 世纪初，阿西西圣方济各大教堂下教堂

圣方济各大教堂下教堂右边耳堂

《耶稣受难记》，彼得罗·洛伦泽蒂和弟弟安布罗吉奥及学徒，1310—1320年，阿西西圣方济各大教堂下教堂

右边耳堂东面墙上的画令人难忘，虽然不少部分损坏了，但《耶稣受难记》却生动得令人震惊。这幅画人物众多，每个人都刻画得相当完美，每个人都是这场戏的主角。

这幅精美的壁画是对耶稣的遭遇有力的歌颂，这3个十字架连同钉在上面的受难的遗体在深蓝色的天空中显得尤为突出。这些天使的表情和姿态各不相同，他们心怀悲痛地在十字架周围徘徊。盗贼是第一次出现在这样一幅不朽的作品里，人群是这幅画中最重要的部分：这65个精心刻画的人物使整个画面显得非常生动。

抓阄决定瓜分基督衣服的士兵原来是在十字架下面，但在1617年，当人们为施洗者约翰修建了一个大理石祭坛并将它对着墙放置以展示圣人遗物时，一部分壁画损失了。1870年，祭坛被移走了。

1310—1320年，彼得罗·洛伦泽蒂和弟弟安布罗吉奥·洛伦泽蒂（Ambrogio Lorenzetti，约1290—1348）以及一帮学徒在下教堂的左边区域留下了

《耶稣受难记》和《圣方济各的生平》等壁画。

这些壁画加入了戏剧化的场面，但都透出宗教的虔诚，它们的颜色很鲜艳，画面的细节通常比整个场景更具有吸引力。

尽管彼得罗·洛伦泽蒂当时只有30岁，但他在阿西西大教堂里创作的壁画已极富表现力，给我们留下了感情热烈、画面协调的艺术品。

彼得罗·洛伦泽蒂的另一幅作品《耶稣为门徒洗脚》中的人物在每处细节上都刻画得很精细，但画家在故事背景的设置上却做了一些改动。画中的故事不是发生在逾越节的宴席上，而是在哥特式教堂的正厅里，交叉拱顶上还散布着金色的星星，有些人认为这是阿西西的上教堂。

这个场景记录了耶稣与彼得之间的谈话，前者正在弯腰为门徒洗脚，后者最初有点排斥，后来接受了。其他门徒坐在宽敞的大厅里，转过头来注视着他们，津津有味地听着他们的谈话。其中有个人也打算把鞋脱掉，但犹大坐在他的身边，用手势阻止他不要这么做。

《耶稣为门徒洗脚》，彼得罗·洛伦泽蒂和弟弟安布罗吉奥及学徒，1310—1320年，阿西西圣方济各大教堂下教堂

彼得罗·洛伦泽蒂还有一幅很棒的作品是那幅描绘了圣母子和圣方济各与福音传道者圣约翰的画，它通常叫作《日落圣母像》，因为落日的最后一道余晖浸染了整个画面。

《日落圣母像》，彼得罗·洛伦泽蒂，14世纪初，阿西西圣方济各大教堂下教堂

这幅画在凉廊那里，栏杆构成了祭坛的台子，不过现在已经不复存在了。画的左边还有捐赠者的画像，圣方济各的右手已经不见了。这两位圣人的尺寸相同，怀抱圣婴的圣母比他们高大。

画面中人物的脸庞如此饱满，线条如此流畅，色彩如此温和，金色的背景如此鲜亮，这些元素使得它成为意大利艺术中最有名的作品。

画中的圣母在和圣婴交谈，手还在指指点点。但是他们在说些什么呢？流传最广的说法是圣婴问母亲谁最爱他，圣母用手指了指圣方济各。

《基督进入耶路撒冷》的场景光线明亮，人物情感丰富。耶稣骑在一头毛驴上，旁边还跟着一匹小马。他的身后是12位门徒，除了犹大，所有人的头

《基督进入耶路撒冷》，彼得罗·洛伦泽蒂，约1320年，阿西西圣方济各大教堂下教堂

《犹大之吻》，彼得罗·洛伦泽蒂，14世纪，阿西西圣方济各大教堂下教堂

上都有圣光。彼得在队伍最前面，紧挨着犹大。欣喜万分的人群从城门里出来，有个人手里还拿着棕榈叶。城墙边上的山坡那里有一棵橄榄树，两个小男孩正在将折下来的橄榄树枝扔在路上。连城门上的鸟儿看起来都高兴不已。耶路撒冷城壮观而奢华，哥特式的建筑矗立在山坡上，外面还建造了一圈雉堞样的城墙，它是一座锡耶纳式的建筑，作者在此作品中非常注重色彩运用和人物刻画。

《犹大之吻》发生在橄榄园里。画面中，姿势几乎呈矩形的犹大靠近耶稣，一只手放在耶稣的胸口，正打算亲吻他。耶稣伸出手，好像感到很惊讶，诧异地看着他。那些门徒看到突然到来的一群人想把他们的主人逮捕入狱感到很恐慌，他们吓得想逃走（场景是画家从背后的视角来表现的，暗示他们前方空间的延续性），最后一个人还回头观察局势。只有圣彼得停下来向其中一人（他是大祭司的仆人马勒古，所以也可以解释为圣彼得即将拔刀刺向他并割下他的耳朵）询问情况。在人群中一眼就能看出来祭司长和几位元老，那些士兵都聚集在中心,看上去黑压压的一片。在福音书中,这个事件发生在夜里,有些评论家叫它"意大利艺术中的第一个黑夜场景"。这是个壮丽的夜景:你可以看到繁星闪耀的天空、山后落下去的弯月、婆娑的树影、灰白的岩石,甚至还有一颗滑落的流星。

彼得罗·洛伦泽蒂笔下的人物形象具有雕塑般稳固的特质,令人联想到乔万尼·皮萨诺(Giovanni Pisano,1250—1315)的雕塑作品。(桑德拉·巴拉利,《图解欧洲艺术史:14世纪》)

《耶稣下十字架》这幅壁画在施洗者圣约翰礼拜堂入口的左边,它的对面是一面没有任何装饰的墙壁。

"T"形的十字架的背景空空荡荡的,7个人围着耶稣一动不动的身体,他的四肢蜷曲着,头和手无力地耷拉着。所有的人弯下腰来,有的托着他的躯体,有的在亲吻他。

《耶稣下十字架》,彼得罗·洛伦泽蒂,14世纪,阿西西圣方济各大教堂下教堂施洗者圣约翰礼拜堂

画上这几位虔诚的女性（抹大拉的玛利亚、克里奥菲的玛利亚、雅各布的玛利亚）表达了无尽的悲痛，圣母哀伤的脸紧紧地贴着耶稣的额头。痛苦到麻木的约翰抱着耶稣的身体，"他的眼睛似要落泪，但没落泪，因为他的泪水变成了水晶，而这是他眼里的石英"。亚利马太的约瑟为耶稣修了坟墓，还有一个人正拿着钳子将耶稣身上的钉子拔掉。这组人好像围成了一个金字塔的形状，看上去又像是车轮，围绕在耶稣的身边。

这些人物的姿势可以说是整幅画的精华，而且具有高度的戏剧性。彼得罗·洛伦泽蒂在他人生的巅峰时期创作了这幅壁画，有些评论家认为这是这位14世纪的意大利绘画天才最精彩的创作。

六

在圣尼古拉礼拜堂的墙对面离地面不太高的地方，有一幅描绘《小男孩苏埃萨的奇迹》的壁画，内容是圣方济各让这个男孩起死回生的故事。这幅画的下面是描绘了多位圣人的《多联画屏》，它被纤细的涡卷圆柱分成5个部分，每个画框里画了一位圣人，他们身上都有金色的装饰。这些壁画展示了锡耶纳画派的特点：流畅的线条、明亮的颜色、具有贵族气质的人物和杏仁状的眼睛。创作这些圣人画的画家是西莫内·马丁尼。

《多联画屏》，西莫内·马丁尼，约1317年，阿西西圣方济各大教堂内的圣尼古拉礼拜堂

西莫内1284年左右出生于锡耶纳，当西莫内·马丁尼只有20岁的时候，他已经在杜乔·迪·博尼塞尼亚的艺术圈里当学徒了，他首先在锡耶纳开始绘画创作，然后在阿西西，后来又去了那不勒斯、比萨和奥维多。1340年，他搬到阿维尼翁，1344年7月在那里去世。

1314—1318年，西莫内居住在阿西西期间受方济各会的红衣主教蒙蒂菲奥里委托，为阿西西的圣马蒂诺礼拜堂绘制壁画，下教堂右边耳堂后墙上的8幅圣人画都是他绘制的。此外，他还在圣马蒂诺礼拜堂等地方的镶嵌彩色玻璃上制作了漫画。他创造出了十分出色的作品，我们从中可以看到甜美、精致和优雅。很多人认为这个礼拜堂中的作品达到了14世纪绘画艺术的高峰。

1315年西莫内在当地的市政厅绘制了名作《锡耶纳城》和《庄严圣母子》。锡耶纳画派的领袖杜乔·迪·博尼塞尼亚（Duccio di Buoninsegna，1255—1319）去世后，他便成为锡耶纳最负盛名的画家。

这些作品在美学上达到了很高的水平，每幅画都是佳作，画家对线条的把握、色彩的运用以及对画面的设计都令人赞叹。这位画家生活的时代正处于文化转变的时期，他的作品体现了一种神秘感和世俗的贵族气息，但也体现了生活的欢乐，他画的所有人物优雅高贵，整个画面处于一种赏心悦目的平静状态，罪恶和悲痛却不经意地闯入画面中。

圣马蒂诺礼拜堂是下教堂正厅左边的第一个礼拜堂，它是一个长方形的矩形房间，上面覆盖着桶形的穹顶，尽头是一个宽敞的由纤细的肋拱撑起的六角拱顶覆盖的六角形后殿。后殿的3个中央区域内都有一扇两开门的窗户。红色和白色的镶嵌饰物构成了护墙板，支撑屋顶的柱子则是红色的花岗岩。穹顶用深蓝色作为底色，上面还装饰着金色的星星图案，肋拱上则装饰着几何图案。

入口处的拱门下方描绘了8位圣人的画像,每两人一组站在涡卷形石柱支撑的三叶形尖拱的下面:有殉道者圣凯瑟琳和抹大拉的玛利亚、方济各和帕多瓦的安东尼、法国的国王路易斯和图卢兹的路易斯、阿西西的嘉勒和匈牙利的伊丽莎白。

从圣马丁的生活中选取的10个小故事描绘在侧面的墙上和桶形拱顶上,每块嵌板都由描绘有几何图案和角落处描绘四个天使的胸像的框架分割开来,描述故事的文字则写在框架里(现在已经看不见了)。

其中,《圣马丁被封爵》描绘了圣马丁被罗马皇帝授予爵位,皇帝的身后是两名乡绅,手持狩猎的纹章象征物。两位乐手与站在他们背后的人给画面带来了真实感。

西莫内通过长笛手、乡绅、徽章、面料奢华的服装等元素,将14世纪的骑士和圣人的故事笼罩上了一层宫廷和世俗的色彩。

《圣马丁被封爵》,西莫内·马丁尼,1314—1318年间,阿西西圣方济各大教堂下教堂圣马蒂诺礼拜堂

画家凭借纯熟的技巧和对材料的选择,成功使金饰、刺绣和衣物面料呈现出美轮美奂的效果,使整个场景显得更为逼真而令人信服。(桑德拉·巴拉利,《图解欧洲艺术史:14世纪》)

正厅的墙上有许多壁画，右边描绘的主题是"耶稣受难记"，左边的主题则是"圣方济各的生平"。这是最早地表现圣方济各与耶稣基督相互对应的生平往事的绘画，也是教堂里最古老的绘画装饰（约1260年）。这些画是一个被人们称作"圣方济各绘画大师"的无名画家创作的，也许他是吉安塔·皮萨诺的徒弟。这位画家在所有的墙壁上都画了壁画，但我们今天只能看到一些画面的片段，1300年，当教堂正厅的墙壁被凿开以修建通向侧面礼拜堂的拱门入口时，很多壁画都被毁掉了。最精致、最简洁的画当属那幅《在贝瓦尼亚城外为鸟儿布道》。

《在贝瓦尼亚城外为鸟儿布道》，"圣方济各绘画大师"，
约1260年，阿西西圣方济各大教堂下教堂

据《阿西西：艺术与历史》介绍，圣方济各的遗体也有惊心动魄的故事。

圣方济各去世后，他的遗体先在圣乔治礼拜堂里存放了4年，1230年5月25日，他的遗体被转移到下教堂的主祭坛下面。在200多年的时间里，人们一直可以从唱诗班那里的通道进入墓室，近距离观赏圣人的遗容。1442年，佩鲁贾人给阿西西带来了严重的破坏，但他们在试图转移圣方济各的遗体时遇到阻挠。武力行动失败后，他们又尝试跟教皇谈判，他们想要说服教皇，让他觉得遗体放在佩鲁贾更安全。但教皇安日诺四世态度坚定，他立即下令封闭了通往墓室的通道。1449年，安日诺四世的继任者尼古拉五世再次进入墓室，最后进入墓室的教皇是西克斯图斯四世，1476年是他下令彻底封闭墓室。

随后的几个世纪，人们为打开墓室做了很多努力，但直到1818年，人们在教皇庇护七世的命令下，花了52个夜晚，才发现了石棺。它嵌在原生岩石里，被混凝土层保护着，石棺周围围着一圈铁栅栏。1818年12月12日，人们找到了圣方济各的遗体，大体上保存得比较完整。1824年，人们在下教堂下面修建了一个新古典主义风格的地下室。1932年，又在地下室布置了一些简朴的装饰，就是我们现在看到的样子。

现在，圣方济各的遗骨放在一个树脂玻璃棺内，外面由1820年的金属匣子密封保护，安放在13世纪时遗体放置的原始石棺里。

七

比遗体更重要的是圣方济各的精神。我们前面曾看到过一幅圣方济各与贫穷女士结婚的壁画，这是有依据的。圣方济各的朋友有一天看到圣方济各格外高兴，于是问他：

"你为什么这么高兴?"

"因为我结婚了。"

"你娶了谁?"

"贫穷女士!"

1209年末,圣方济各听到了《马太福音》(10:7-10)的经文:耶稣派他的门徒出去传道,并告诉他们不要带任何金银铜钱。"在此之前,方济各几乎只关心自己的贫穷和他在其中得到的喜乐。现在,他看到了将贫穷与布道结合在一起的可能性。他的住所不再是偏僻的隐修处,而是喧嚣的城市,哪里有人居住,他就会在哪里讲道,帮助穷人和病人。现在,自愿的贫穷不仅是一种自我操练的方法,更是一种融入缺衣少食的穷人的方法。"(胡斯托·L.冈萨雷斯,《基督教史》)

虽然早期的方济各会取得了巨大的成功,但圣方济各本人始终担心,他的修士会变得安逸富有。于是,他规定了绝对的贫穷,这不仅是给每个修士的命令,也是给整个修会的命令。他在自己的遗嘱中重申了这一命令,禁止追随者对他所制定的会规做出任何修改。

圣方济各去世不久后,方济各修会就分化成坚持谨守圣方济各命令的严格派和可以接受为推动宣教赠予财产的温和派。1230年,教皇格里高利九世宣布圣方济各的遗嘱不再有约束力,方济各会可以修改会规。1245年,方济各会开始拥有财产的使用权,所有权归罗马教廷。后来,方济各会索性自己拥有巨额财产。

现在圣方济各大教堂周围的修道院名义上还是属于教皇的,成为正式的"教皇宫殿",许多教皇都曾在这里居住。当然,这里也是方济各会修士的居所。

第 三 章

阿西西教堂的美与感动

除了阿西西最负盛名的圣方济各大教堂外,我还游览了圣嘉勒教堂、清修之所、圣达米安诺教堂、天使圣母教堂和宝尊堂。

一

阅读圣方济各的传记，我们都会知道他最有名的女门徒是克莱尔（St. Clare，也叫"嘉勒"）。

克莱尔的父亲是位骑士，母亲具有贵族血统，是一位非常虔诚的妇女，她多次去罗马朝圣，还曾访问过耶路撒冷，当时这种旅行对于男人来说都是很危险的。当她觉得所做的足以赎自己的罪以后，便与丈夫安居下来，并为他生育了3个女儿，长女克莱尔（生于1193年），次女凯瑟琳，幼女贝亚特丽斯。

克莱尔幼年时就继承了她母亲的虔诚。她16岁时，对阿西西人眼中的怪人方济各很好奇，就去听他在教堂中的布道，被他的忠心和热情所感染。接着，她与6岁的小妹贝亚特丽斯秘密地去见29岁的方济各和他的一个朋友，很快地，她感觉自己被召唤去过一种她家人不会允许的生活。

阿西西街头圣方济各父母的雕像

这时候，克莱尔的父亲去世了，给她留下了一笔遗产（嫁妆），这让她成为众多追求者的目标。为了摆脱追求者，18岁时，她宣布将自己的财产分给穷人。

当时的家族领袖、她的叔叔蒙纳尔多非常震惊，要求克莱尔改变主意，被克莱尔拒绝。之后1212年的一个夜晚，趁亲人们熟睡之际，克莱尔悄悄地走下豪宅的阶梯，避开了由武装仆人守卫的正门，移开挡住后门的石块和梁木，用力打开后门，从一个小巷溜出来，在两个朋友的陪同下投奔方济各。在小教堂内，跟随方济各的神父为她行了忏悔仪式，克莱尔脱下她的漂亮衣服，换上简单的衣服，宣誓"我承诺，顺服他"。作为对誓言的确认，方济各为克莱尔举行了剃发仪式。

切斯特顿对此有些有趣的评论：

即便是最仁慈的批评家也觉得这个故事（方济各和克莱尔美好的友谊）很令人费解。在他们的批评中，有个信条是判断一切的标准，那就是：男女之间除了世俗之爱以外，不可能有更高层次的爱。如果人们相信方济各和克莱尔之间的友谊是纯洁的，就像相信世俗之爱一样，所有的疑惑就会迎刃而解。一个17岁的叫克莱尔的女孩，出身于阿西西的贵族世家，她充满了对修道生活的热爱，而方济各帮助她从家里逃了出来，过上了隐修的生活。我们或许可以这样说，他帮助她违抗她的父母，"私奔"到了修道院。事实上，这个故事有很多浪漫的私奔故事的成分——她是从墙上的一个洞钻出来逃跑的，她穿过了一片树林，一群打着火把的人在那里接应她。即便是奥利芬特夫人，在其方济各研究里也承认："我们对这件事没得到令人满意的解释。"

对于这件事，切斯特顿认为：如果克莱尔的"私奔"是浪漫，并且让她变成了新娘而不是修女的话，整个现代世界都会把她当成英雄。克莱尔当时只有18岁，但这说明不了什么，莎士比亚笔下的朱丽叶只有14岁，中世纪的男孩在这个年龄时已经上战场作战，女孩在这个年龄结婚。在13世纪，一个18岁的女孩应该能知道自己的心意。如果考虑后来发生的事，头脑清醒的人都不会怀疑，克莱尔当时确实知道自己要干什么。

现代的浪漫主义是鼓励为了浪漫的爱情违抗父母之命，因为它知道浪漫的爱情是个事实，而它不知道神圣的爱也可以是事实。

如果我们理解方济各和克莱尔之间纯洁的关系的话，就会意识到，一种直接的、神圣的关系比任何浪漫的关系更加纯洁。克莱尔私奔是个有完美结局的浪漫故事，方济各是带来完美结局的骑士。

关于剩下的事，我们至少可以假定，没有一位支持妇女解放运动的朋友会不喜欢克莱尔的行为，用现代的话来说，她过上了她自己真正想要的生活，而不是父母之命或是社会习俗强加于她的生活。她成为一个至今仍然深刻地影响着世界女权运动的奠基人，因此在人类历史上跻身女强人之列。

他们的故事还有一个民间传说：在一个寂静的深夜，阿西西人仿佛听到山上的树木和房屋着火了，于是赶忙冲上山去救火。到了山上时，他们发现一切都是静悄悄的，唯有方济各和克莱尔一边在圣餐礼上分享着基督的身体，一边谈论着上帝的爱。这是他们一生中仅有的几次会面之一。除了这个传说之外，我们很难再想出能够表达这种圣洁的、毫无肉体私欲之爱的场景。村民看见火红的光辉围绕在方济各和克莱尔的头上，光环虽然没有燃料，但足以让空气炽烈地燃烧起来。

仪式之后克莱尔被转移至附近的圣保罗修道院——一所受教皇本人保护

的女子修道院。她的叔叔蒙纳尔多带着7个人骑马来到修道院，要求克莱尔回家，遭到她的拒绝。有一天，蒙纳尔多带人将克莱尔围在一间小礼拜堂内试图将她拖走，克莱尔紧紧地抓住餐台。在挣扎中，克莱尔的头罩掉在地上，他们看到她已经剃了发，为过修道院的生活迈出了关键的一步。他们只能悻悻然地离开。

不久之后，克莱尔16岁的妹妹凯瑟琳也离家出走，加入了克莱尔的团体。蒙纳尔多带着11个人来抢她，对她拳打脚踢，最后仍然无可奈何。接着克莱尔的小妹也加入了这个自称为贫穷女士（贫穷的克莱尔们）的修女会。几年后，克莱尔已拥有50个姐妹，她们大多来自阿西西比较富裕的家庭。

方济各会的弟兄们为她们乞讨食物，并为她们采伐、供应木材和建造房屋。这些修女穿着非常简单，从事手工劳动、祷告，像方济各会的弟兄们那样禁食。克莱尔像方济各一样禁食过度，因此经常生病。当方济各听说克莱尔有一次因为禁食过度而生重病后，他下令说："从此之后，克莱尔禁食不得超过24小时。"

像方济各一样，克莱尔追求效法耶稣，在写于生命最后时日的遗嘱中，她呼求姐妹们恪守贫穷："出于对神的爱，那位出生在简陋的马棚里、生活在贫穷之中、赤身被钉死在十字架上的神"，"物质上的贫乏只是达到灵里匮乏的一种方式，灵里匮乏必不可少，它为耶稣留出空间。"

在方济各离世前，克莱尔照顾他数周。我们在圣方济各大教堂上教堂的乔托壁画带的第二十三个故事《贫穷嘉勒会修女的哀悼》中可以看到克莱尔的真切悲伤。在下教堂内西莫内·马丁尼描绘8位圣人的《多联画屏》中，也能见到克莱尔祥和美丽的神态。

1253年8月11日克莱尔去世，1255年教皇亚历山大四世追封她为圣徒。

二

　　位于今天阿西西镇中心的圣嘉勒教堂（Basilica di Santa Chiara）于1257年动工，圣嘉勒教堂有陡峭的壁垒和美丽的外墙，外部是白色和粉色的石头。这里还有一个拜占庭风格的十字架，据说可以与圣方济各通话。圣克莱尔是圣方济各的追随者，也是贫穷修女会的创始人。1260年10月，圣克莱尔的遗体就安置在里面。教堂是罗马式风格的，模仿的是圣方济各大教堂的下教堂。从外观看，这个教堂的特点是外部有3个14世纪晚期建的飞扶壁，方形的钟楼在后殿右边直插云霄。

　　粉红色石头建筑的山形墙大门分成了3个区域，底层只修了一扇单独的大

圣嘉勒教堂

门，中间一层修了一个巨大的玫瑰窗，最上面的山形墙上只开了个圆洞。

设计有交叉拱顶的哥特风格的教堂内部只有一个正厅，侧面的两个礼拜堂是14世纪初增加的。最初，里面的墙壁上绘满了壁画，但现在是空白的，这些壁画在17世纪都被抹掉了。

通往地下室的入口在正厅那里。1850年在主祭坛下的石棺里发现的圣克莱尔遗体现在安放在一具水晶棺里，地下室也是在那时仿造哥特风格建造的。从地下室中间的一个小的螺旋形楼梯走上去，我们可以看到将圣人的遗骨保存了6个世纪的棺室。

如果我们了解了克莱尔其人其事，参观这座大教堂就会有奇妙的感觉。

圣克莱尔的遗体安放在圣嘉勒教堂主祭坛下的一具水晶棺里

阿西西市政广场上的中世纪建筑

三

公元前309年,翁布里亚遭到罗马人的入侵,从那时起,阿西西步入了罗马人的生活轨道,最终成为一个罗马城市,这意味着它得建设集会的场所、神庙、公共浴场、剧场和圆形竞技场。

这些建筑的遗迹仍然保存在阿西西,密涅瓦神庙在市政广场那里,广场下面是集会场所的遗址;城墙边上是公共浴场的遗址;剧场的遗址在圣鲁菲诺大教堂附近;圆形竞技场的遗址则在佩利西门附近。此外,还有许多考古的发现散落在城市的各个角落。

我在阿西西逗留的时间很短,主要精力放在有关圣方济各的行踪上,对小镇的罗马遗址也就忽略了,只是几次路过市政广场,稍稍留意了一下。

圣鲁菲诺大教堂

密涅瓦神庙

广场上奇迹般地保留着为智慧女神密涅瓦所建的神庙。当时，地面较低，与神庙之间相差两级台阶，所以神庙看起来非常壮观和优雅。这是一座科林斯式的六柱神庙，建造于罗马帝国早期，线条纯净、比例协调、精致典雅、色调柔和而显得与众不同。

德国大诗人歌德在他的《意大利游记》中如是描绘密涅瓦神庙："看哪，那座不朽的建筑就立在我的眼前——这是一座朴素的小神庙，十分适合这个小城，但它是那么完美，设计得那么好，以至于它在任何地方都会引来惊叹的目光——我无法像艺术家那样全神贯注地欣赏它——这座建筑在我心中激起的无限的美的感受已经无法用语言表达，它的美是永恒的。"

1539年，在教皇保罗三世的特许下，这座神庙经过祝圣变成了教堂，成了供奉圣母的"密涅瓦神庙上的圣母堂"。

市政广场又长又窄，还矗立着13世纪的市政钟楼、市政执法官大楼和14世纪的市政厅大楼。

四

我接着去的地方都属于阿西西的郊外。

一个是清修之所（或称卡尔切利隐居地，Eremo delle Carceri），它隐藏在苏巴修山上茂盛的栎树深处，海拔大约800米，一个安宁祥和的所在。

据《阿西西：艺术与历史》介绍，圣方济各和他的第一批同伴时常来这里祈祷，现在的这个小修道院是在老修道院的原址上建造的。15世纪时，锡耶纳的圣伯纳丁首次重建，16—17世纪时扩大到了现在的样子。修道院是在岩石上修建的，很多部分都被挖空了。这原本只是为圣母建造的小修道院，叫作"圣母隐修院"，先是被划给了本笃会，后来又划给了方济各会。

清修之所

修道院的入口通往一个小的回廊，回廊中间有一口深井，左下方是一个食堂，上部是一排排宿舍。从这里穿过去是一座教堂，有个小小的开放的钟楼。教堂里值得注意的是那座祭坛和小的唱经楼。圣母隐修院礼拜堂的入口也在这里。教堂下面是圣方济各洞室，洞里的一块大石头就是他的床，这里是圣方济各祈祷、斋戒、哀悼和与上帝对话的地方。离开洞室之前，一定要看一下"魔鬼洞"，据说圣方济各驱赶魔鬼时，它们就从这里掉了下去。

出了洞，参天古树旁可以看到由文森佐·罗西尼奥利于1926年雕刻的一尊铜像，表现的是圣方济各从一个年轻人手里接过两只鸽子。

往树林深处进去观看用来祈祷的石洞之前，我们可以先看一眼干涸的河床，据说它是在圣方济各的请求下变干的，因为这位圣人不想河流的水流声打扰修士们的祷告。

树木葱翠的阿西西城外

我们去的时候虽然是下午,但狂风怒号,黑云蔽日,在山间行走,有些吓人。在一间昏暗的礼拜堂内,竟然有一个人坐在里面冥想,面前还有本书。

如果风和日丽,感觉当然完全不同。不过,在这种恶劣的天气跑上山,能体会到圣方济各和修士的隐修不易。

昏暗的礼拜堂内,有一个人坐在里面冥想,面前还有本书

五

第二天下午,我们冒着小雨走出城外,一路上橄榄树夹道,来到绿油油的橄榄园中央的圣达米安诺教堂(Chiesa di San Damiano)。

圣达米安诺教堂

圣达米安诺教堂内部

这座小教堂在城墙外，面山而建，是在七八世纪建造的，教堂外观很朴素，目的是为来到这里的祷告者提供一个祷告的地方。13世纪初，它就被遗弃了，尽管有位牧师负责照看这座小建筑，但没人愿意修复它，因为它对宗教社区的作用实在太小了。

方济各刚刚20岁的时候来到这里，当时他正在热情洋溢地寻找生命的意义。当他听到耶稣受难十字架让他修复教堂的声音后，开始着手修缮这座教堂。

从那时起，这个教堂就成了他全新生命的一个中心据点。当时圣克莱尔也想效仿他的生活经历，于是圣方济各就把这个地方赠给了她，后者在这里度过了42年，直到1253年8月11日她的灵魂升往天堂。

后来，方济各又返回了几次。1225年，在接受了圣痕并近乎失明之后，他在这里创作了《万物颂歌》。通过这首赞歌，他表达了对上帝、对人类和对上帝创造的生灵的爱。

1260年，贫穷嘉勒会搬走以后，这个礼拜堂仍旧保持着它原来的样子，直到16世纪，小兄弟会的修士们在这里修建了回廊并扩建了修道院。

现在，这里住着一些小兄弟会的修士和初学修士，这些愿意接受方济各会生活的年轻信徒们不仅要学习方济各会的教义，还要履行他们所选择的宗教使命。

圣达米安诺教堂只有一个简单的门廊作为入口。庭院里有个神龛，上面装饰着15世纪创作的锡耶纳壁画（画作描绘圣母子，其周围是圣方济各和圣克莱尔等）。教堂右边是圣吉罗拉莫礼拜堂，里面装饰着阿西西的蒂贝里奥1517年创作的壁画。

教堂内部布局简单而昏暗，这也许是为了让祷告者静心祷告吧。祭坛上是一个复制的耶稣受难十字架，耶稣在十字架上命令圣方济各修复他的教堂（原本的12世纪制作的十字架在圣嘉勒教堂里）。

教堂右边的一个小礼拜堂里有个木质的耶稣受难十字架，是巴勒莫的英诺森兄弟在1637年制作的：从不同的角度看，你会发现基督的表情是在变化的，有时你看他是微笑的，有时是痛苦的，有时又是死亡的表情。

圣克莱尔小唱经楼的入口在木质唱经楼的右边，唱经楼的席位、靠背和读经台仍然保存着圣克莱尔在世时的模样。第一批贫穷嘉勒会修女们的名字写在唱经楼内的一张羊皮纸上。

当加布里埃尔·邓南遮来到此地时，他写下了这段文字："从五级台阶下来，我来到圣克莱尔的唱经楼里，这就是我们伟大的贫穷圣母读经的地方啊。座位上的靠背是人们将一些粗糙的木板随意地钉在一起制成的，看起来就像是造船工人在船只失事后用粗壮的冷杉紧急打造出来的救生筏上的板子。座位和前面矮墙的门也是用粗劣的木板制作的。"

这就是修女们致力于过贫穷生活的具体表现。

一段狭窄的楼梯直接通向圣克莱尔花园，这是欣赏下面山谷美景的好地方，也是圣方济各创作《万物颂歌》的地方。再往上走是一个装饰有壁画的小礼拜堂，这就是圣克莱尔的祷告室，这里与贫穷嘉勒会修女们的宿舍是相连的。圣克莱尔在这里度过了她充满艰辛与痛苦的日子，在这里她接受了教皇英诺森四世的拜访，并在这里去世。

一段内部楼梯通往下面的回廊。

这条圣达米安诺回廊保留了它原来的简朴风格，在靠近教堂的部分有两幅塞比奥·达·圣乔吉奥创作的壁画：分别是《天使报喜图》和《圣方济各接受圣痕》。

我很喜爱这条回廊，走过压抑暗沉的教堂，突然明朗和灿烂，让人心情一下子得到放松。

圣达米安诺教堂的回廊

回廊后面是贫穷嘉勒会食堂，食堂里还摆放着早期的桌椅，修女们就是在这里享用她们的粗茶淡饭的。最后一张桌子的右边摆了一瓶花，它表示这是圣克莱尔吃饭的地方。

六

我来到阿西西，第一个去的地方其实是天使圣母教堂（Basilica di Santa Maria Degli Angeli）。它距离镇中心4千米，这片区域都是以教堂的名字命名的。教堂里是宝尊堂礼拜堂：这是圣方济各深爱的地方，上帝在这里赐予他特殊的恩泽。

天使圣母教堂是世界上较大的教堂之一，长116米，最大宽度为65米。教堂内部十分宽敞，由3个部分构成，12个侧礼拜堂里装饰着16—20世纪的不同

天使圣母教堂

画家绘制的壁画和祭坛饰品。可是，大教堂完全被里面宝尊堂的万丈光芒给遮蔽了。宝尊堂是珍稀之宝，大教堂只不过是个玻璃罩。

而宝尊堂是继圣达米安诺教堂和圣彼得荆棘教堂之后，圣方济各修复的第三座教堂，传说他是听到了圣达米安诺教堂的耶稣受难十字架发出的声音后决定修复宝尊堂的。

宝尊堂最初是个小礼拜堂，周围是一片小果园，果园属于苏巴修山上的圣本笃修道院的僧侣们。这个小礼拜堂已经荒废了很长一段时间，圣方济各修缮之后，把它从泰奥巴尔多修道院院长的手中租了下来。

16世纪下半叶，教皇庇护五世命人在宝尊堂外修建了一座大教堂，这样不仅可以把宝尊堂围起来，也可以起到保护作用，并且为不断前来朝圣的信徒们提供一个可以歇息的地方。

这座雄伟的古典风格的建筑上有个优雅的圆顶，它高高地突起在周围的平原上方，人们在很远的地方就能看见。

宝尊堂礼拜堂

礼拜堂门上的壁画

离宝尊堂几米之外的就是天使圣母教堂后殿右边的死亡礼拜堂，这里原来是修道院的医务室，由修士们建造。圣方济各生命的最后几个小时就是在这里度过的，1226年10月3日晚上，人们把他放在平地上之后，他就去世了。

切斯特顿写道：

从某种意义上来说，他到了将死的时候仍然在四处游走，当他的身体越来越衰残时，就好像要死亡的命运的代表。他去了列蒂，去了努西亚，可能去了那不勒斯，肯定去了佩鲁贾湖边的科尔托纳。当方济各的生命之火慢慢熄灭的时候，他从远处看见阿西西的高山上宝尊堂的柱子直冲云霄，他的内心充满了喜悦。方济各为了一个异象而四处流浪，他在所有的意义上拒绝归属任何一个地方，拥有任何财产，他一生的使命和荣耀都可以归于他的无家可归。但是到了他生命的最后时刻，可能是出于人的本性，他在宝尊堂找到了家的感觉。他对那座尖塔近乎病态的迷恋，临死的时候，他带着突然而来的活力大喊道："永远，永远不要放弃这个地方。如果你们要去某个地方或者去朝圣，你们一定要回到家里，因为这里是上帝的神圣的家。"

下面是圣方济各劝告自己的兄弟们不要放弃这个福地的全文：

兄弟们请注意，你们永远也不要离开这个地方；如果你们被赶到一边了，就从另一边进去；这真的是个圣地，是耶稣基督和圣母玛利亚居住的地方。至高无上的主在这里让我们从寥寥几人的队伍不断发展壮大；他使他贫穷的子民的灵魂在这里闪烁着智慧的光芒；他以爱之火焰在这里点燃了我们的意志。虔心祷告的人在这里都能使愿望达成；任何冒犯都将受到更加严厉的惩罚。所以,孩子们,请带着敬畏和敬意来到这个我主基督和圣母都特别喜欢的栖居之地吧。

宝尊堂里的所有事物都按原样保存得十分完整。虽然我们不知道圣方济各具体做了什么,但不难想象他做了哪些修复和加固的工作。

里面的墙壁一直是空白的,墙壁上的石块也是几百年前的样子,中间是为庆祝圣餐而设置的祭坛。

祭坛上面是伊拉里奥·达·威特伯创作的壁画:右下方是《玫瑰的奇迹》,画中圣方济各在两位天使的陪同下正朝宝尊堂走来;正上方是《基督和圣母显现》,画中的基督和圣母被一群天使簇拥着,圣方济各则在祭坛前跪着;左下方画的是圣方济各在主教的陪同下在讲坛上宣布赦免权;左上方画的是圣方济各跪在教皇霍诺留斯二世的面前恳请他准许庆祝宽恕节。这些画是

祭坛上方由伊拉里奥·达·威特伯创作的壁画

1393年绘制的。

礼拜堂大门上是一幅由G.费德里克·奥弗贝克创作的壁画，他表现的是方济各在恳请耶稣和圣母接受宽恕的礼物。

我去过很多很多教堂，可从来没有一座教堂像宝尊堂那么感动过我。我第一次在里面游览时并没有想得太多，甚至还没深刻体会它对圣方济各的意义，可我就是流连忘返。当我再次回到宝尊堂，我却情不自禁地跪下祷告。

我以为自己还会在阿西西的其他地方遇到类似的感动，但再也没有。圣方济各大教堂的特点在于它是意大利艺术的宝藏，可与圣方济各的精神无关；郊外的圣方济各与圣克莱尔的隐修之处让我联想起的是我国的道家；只有宝尊堂，让我有了基督教式的感动。

第 四 章

弗拉斯卡蒂之行

除了阿西西的教堂之旅，我们还在弗拉斯卡蒂逗留了几天。在朋友的招待下游览了这座小镇和许多景点，还在他的波西亚石头庄园一起了解了庄园的历史。

我在我的著作《意大利魔都米兰》中介绍过，2016年冬天，我们曾去米兰附近的酒庄走访葡萄酒庄园，酒庄主人维多利奥·朱利尼还是个收藏家，他这次得知我们将从罗马飞回中国，便邀请我们在罗马附近的弗拉斯卡蒂的波西亚石头庄园住一晚。

弗拉斯卡蒂位于罗马南部20千米处的阿尔巴山上，从罗马坐火车很快就能到。9世纪时弗拉斯卡蒂只是一个小村庄，1191年，附近的古城图斯库鲁姆城被毁后，弗拉斯卡蒂的人口不断增加，主教区也从图斯库鲁姆搬到这里。后来，教皇英诺森三世将这个城镇归为拉特兰圣乔凡尼大教堂的封建领地，但在接下来的几个世纪里，这个地方频频遭受掠夺，以致一贫如洗。很多实力雄厚的大家族都曾占有过这个地方，其中包括声势显赫的科隆纳家族。直到1460年，教皇庇护二世才在城外筑起了城墙，将它保护起来。

弗拉斯卡蒂以众多高低错落风格各异的教庭别墅、公馆而闻名，它们是由教皇、红衣主教和罗马贵族在16世纪作为地位的象征而建造的。这些建于郊区的房屋是为社会活动设计的，大多保存完好，有的在第二次世界大战遭到破坏后也进行了认真修复。

在众多的梵蒂冈教庭别墅中，有被称为文艺复兴时期艺术瑰宝的阿尔多布兰迪尼别墅，这是米开朗基罗的学生贾科莫·德拉·波尔塔（Giacomo della Porta，约1533—1602）专为红衣主教彼埃特罗·阿尔多布兰迪尼建造的，波尔塔曾和他的老师一起参与设计建造了梵蒂冈的圣彼得大教堂。连它旁边的法尔科尼瑞别墅和莫多拉格内别墅也是16和17世纪意大利建筑艺术的珍品，直到现在仍继续展示着当初的荣耀和气势，传递着曾经的记忆。

还有一座有名的别墅——帕拉维奇尼别墅是意大利最古老也是最著名的

贵族家族居所。公元3世纪建成的阴凉潮湿的地下酒窖内，整齐地排列着许多大大小小的法国橡木桶，桶内装满了各种不同年份制造的葡萄酒，这些历史遗留的旧物似乎在悄悄地告诉我们什么是高贵古老的气质和简朴典雅的气息。

弗拉斯卡蒂周围还有着上百个大大小小的葡萄酒庄园，波西亚石头庄园是较大者之一。

二

我的朋友朱利尼是石头庄园的拥有者。他是个文化人，对历史颇有心得，他也专门收藏中国龙舟题材的陶瓷，自认品质不亚于上海博物馆的水准。他提到中国历史，说商人地位低下，与尊崇商人的意大利社会完全不同，可谓一语中的。他面对超过140英亩的葡萄田，为我们说起了2500年前的故事。

那时，波西亚石头庄园是个大湖，名叫雷吉洛湖。罗马共和国成立不久，罗马军队和拉丁军队之间爆发了一场传奇般的雷吉洛湖之战，对于这场战役，古罗马历史学家李维认为发生在公元前499年，但他又说一些资料显示战争发生在公元前496年波斯图米乌斯担任执政官期间，现代的学者提出了发生在公元前493年或公元前489年的说法。

这场战役也是宏大的拉丁战争的一部分，拉丁军队由老当益壮的卢修斯·塔克文·苏佩布率领，他是公元前509年被驱逐的第七位也是最后一位罗马王，他的女婿奥克塔维斯·马米利乌斯担任指挥官。这是塔克文重夺王位的最后一战。波斯图米乌斯担任罗马步兵军团的指挥官，提图斯·阿布提乌斯·埃尔瓦则为骑兵军团统帅。老罗马王塔克文由他的长子提图斯·塔克文陪同，一起攻入罗马。据说，暴君父子的出现大大激发了罗马人的斗志。

战役初期，塔克文在攻击波斯图米乌斯时负伤。他的指挥官马米利乌斯和对方的骑兵统帅阿布提乌斯对上了，两人都负了伤，前者胸部受伤，后者伤了手臂。阿布提乌斯不得不从战场上退下，远距离指挥军队作战。这样，塔克文军队在势头上开始压倒罗马军队。

当公元前449年担任罗马执政官的瓦列里乌斯被提图斯·塔克文用长矛刺死后，罗马军队一度失利，波斯图米乌斯从自己的卫队中挑选了一批人组成精锐部队前来支援，这才阻止了被驱逐的罗马王的进攻。与此同时，曾在公元前506年担任罗马执政官的赫梅尼斯一举将马米利乌斯刺死，但当他想乘胜追击、抢夺战利品时，也被一支标枪刺死。战况胶着之际，波斯图米乌斯命令所有的骑兵下马背水一战，逼迫拉丁军队撤退，占领了敌人的大本营。最终塔克文的军队放弃了战场，罗马军队赢得了决定性的胜利。

这场战役具有神话色彩。传说宇宙之王朱庇特的双生子卡斯托尔和波吕丢刻斯化身为两位年轻的半人马从天而降，与罗马军队并肩作战，让罗马军队大获全胜。

今天，我们在罗马奎里纳勒宫（Quirinale Palace）前面的广场上仍然可以看到为纪念这对孪生兄弟所建造的白色雕塑。

朱利尼告诉我，为天后朱诺建造的古代神庙遗址就在当时的湖边，建造时间大概与战争爆发的时期相差没多久。据说，罗马军队就是在神庙祷告，让天神下来帮忙的。

现在我们在波西亚石头庄园的很多地方都可以看到神庙建筑的碎料。

在罗马帝国时期，人们为获得富饶的土地把雷吉洛湖的水都抽干了。这片土地属于罗马一个声势显赫的大家族所有，被称为"波尔恰氏族"庄园。马可·波西奥·卡托内就来自这个家族，他既是罗马元老院议员，又是《论农业》的作者，文章中写到的专为葡萄种植和酿造红酒而开辟的一大片地方就来自这里的庄园，波西亚石头庄园的名字来源于这个家族。现在酒窖下面的最古老的"石洞"也是在那个时期挖掘的。

朱利尼带我们走进这个像隧道般的古老葡萄酒窖，他说自己小时候来过这里，印象很深。但成年后，再也找不到这个石洞。他后来找到了已故祖父的朋友，根据他的回忆再次发现了这个古老的葡萄酒窖，当时里面都是水。

古老的酒窖虽然经历了多次修复，坍塌的凝灰岩结构也被砖石结构所取代，但它仍是罗马时代保留下来的壮观的遗迹：200米长的空间设计有沟槽，是用来设置大型酒桶的，也证明这里是作为恒温的酒窖而连续使用的。

当然，现在里面不藏酒，只是作为古老的遗迹展示。

庄园内还有一个很特别的古罗马遗址。有一处神秘的泉眼——很可能是当年宗教活动的圣地——至今仍汩汩流出。甘甜纯净的泉水从这里一直流入庄园入口处的大水池中。

我对这个泉水的出水处很感兴趣，朱利尼老先生对我研究历史的热情感到很惊讶，第二天早晨带我们踩着泥泞打开铁锁，走进一个山洞的地下室，去看那处泉眼。这里空间不大，但对古人来说这应该是神圣之地，可能会在这里进行宗教活动。

考古般地将历史知识与活生生的现实联系在一起，我感到很愉快。

把水从山上引到古罗马的水渠虽然已经消失了，但那些围绕着葡萄园的、在凝灰岩屏障里的神秘通道现在还能看见。

橄榄园的前面有在混凝土上用金字塔型砖块砌成的网格状墙壁，这也是已经消失在远古时期的古罗马建筑苍白的遗址。

庄园经历了几个世纪的衰退，伴随着罗马的衰退和退耕还牧，后来的中世纪文明仅在庄园里留下了一处塔的遗址，塔周围雄伟的石头防护墙和防护墙里两间房间的厚墙表明它们来自遥远的年代。

当然，上述这一切都来自庄园主朱利尼的介绍。

波西亚石头庄园在1252—1522年间划归到科隆纳王子（即使在今天也是最具影响力的罗马家族）的领地范围内。1522年，科隆纳家族把这块领地卖给了法尔内塞王子，他也是大名鼎鼎的家族的人，我在另一本关于那不勒斯的书中对这个家族有介绍。

几年后，法尔内塞的教皇保罗三世又将所有的财产卖给他人，后来人们在教皇克肋孟十一世手中那本1714年的地籍簿上发现了这处地产，1835年的地籍簿以及其他一些资料对这处地产也有记录。

波西亚石头庄园的葡萄园

当罗马在19世纪成为意大利王国的一部分时，古老的葡萄园耕种术重回大地，波西亚石头庄园的故事就开始了。1892年这个年份就刻在庄园的入口处，它提醒人们第一个酒窖的建设和"用凝灰岩挖掘的古老酒窖"的砖墙修复工作就是在这一年开始的。

20世纪初，朱利尼的祖父买下了波西亚石头庄园。现在，园中将近百年树龄的大柏树挺立在宽阔的林荫大道之侧，葡萄园经过扩大变成了一个大花园，崎岖不平的海岸线和葡萄园之间的空地上种满了橄榄树，形成了美丽的风景。

从建筑方面来说，酒窖的扩大与早期的建筑很协调，山顶上的别墅则由建筑师卢奇肯蒂以新现代主义风格建造，现代的规划主要体现在别墅周围的花园设计上，这个花园是完全对称的，从罗马到萨比那山脉的风景画像画卷一样展开，花园的景色刚好与这些美景遥相呼应。

新千年伊始，庄园转变成了观光农业旅游设施，这里有12间客房，还有游泳池和餐厅供游客使用。朱利尼在米兰附近的女侯爵庄园也经营着同样的"农家乐"，作为乡村度假、举办大型活动、婚礼庆典和复古风格的私人派对的场所。

我们在里面住过一个晚上，还算舒适。但比起老先生在米兰的装潢考究、摆满古董的别墅，天差地别。

三

在波西亚石头庄园客厅的火炉旁，朱利尼先生与我们谈起了他庄园的葡萄酒。

朱利尼的女侯爵庄园和波西亚石头庄园都有各自系列的红葡萄酒、白葡萄酒和橄榄油等，共同点是亚硫酸盐含量低。

朱利尼说："你有没有问过自己：'在前一个美好的夜晚与好友饮了一杯葡萄酒之后就头痛欲裂的真实原因是什么？'我们认为罪魁祸首就是酒中含有过量的亚硫酸盐。测试表明这种添加剂会造成严重的问题，法律规定白葡萄酒中亚硫酸盐含量不得超过220mg/L，红葡萄酒中亚硫酸盐含量不得超过180mg/L。罐装商的葡萄园通常离酒窖比较远，他们不得不在酒窖榨汁之前，在葡萄里加入亚硫酸盐以避免水果发酵。而我们庄园采摘的葡萄在30分钟内完成压榨工序，这样就无须在收获过程中添加亚硫酸盐。我们会在葡萄根部注射含有微生有机物和真菌的混合营养液，使植株更加强壮，让果实在不使用添加剂的情况下具有更好的抗氧化性。现在，我们白葡萄酒中的亚硫酸盐含量不超过80mg/L，红葡萄酒中不超过100mg/L。这表明我们的葡萄酒的亚硫酸盐含量远低于有机葡萄酒亚硫酸盐的使用标准。这种方式酿造的葡萄酒，口感清新、纯净，还带着清新的水果香味——饮用我们的酒可以保证你安睡一整晚，第二天清晨舒舒服服地醒来。"

于是在晚餐和临睡前，我们分别品尝了石头庄园的红白葡萄酒，红酒的名字就叫雷吉洛湖，酒标是帮助罗马人取得雷吉洛湖战役胜利的朱庇特的双生子图案。

第二天清晨，我确实舒舒服服地醒来。只见外面照进来金色的阳光，日出太美了。此次来意大利，从西西里到那不勒斯再到阿西西，没遇上几个大晴天，昨天下午到这里时还是倾盆大雨，今天要离开意大利了，上帝总算给了我们一个艳阳高照的蓝天。

我在石头庄园里走走，罗马古松、林荫大道、葡萄园，不知怎的，罗马士兵解甲归田之感油然而生。

朱利尼先生上午就要坐车回米兰了，我们原本只是想在附近转转，下午去罗马机场。可朱利尼见我如此热爱历史，走之前他建议司机送我们去附近的蒂沃利。

我大喜过望。每次去罗马，都想去蒂沃利一日游，那里有两个联合国教科文组织世界文化遗产名录的景点：罗马皇帝哈德良别墅（Villa Adriana）和文艺复兴鼎盛时期的别墅——16世纪的埃斯特别墅（Villa d'Este），可惜最后都未能成行。这次终于能一睹真容了。

第 五 章

走入哈德良别墅

哈德良别墅在蒂沃利5千米外,建于2世纪,是罗马帝国国王哈德良建造的一处古罗马建筑群。里面有超过30栋的建筑物,包括宫殿、温泉、剧院、神庙、图书馆以及御卫队和奴隶的住所。

一

哈德良别墅在蒂沃利5千米外，建于2世纪，是罗马帝国国王哈德良建造的一处古罗马建筑群。里面有超过30栋的建筑物，包括宫殿、温泉、剧院、神庙、图书馆以及御卫队和奴隶的住所。别墅的建筑群综合运用了古埃及、希腊和古罗马建筑中的精华元素，包括一些希腊风格的女像柱、罗马式的圆拱和科林斯柱等。

爱德华·吉本在《罗马帝国衰亡史》中说道："若要指出世界历史中哪一个时期人类最为幸福，我们将毫不犹豫地说是从图密善被弑到康茂德登基。幅员辽阔的罗马帝国受到绝对权力的统治，其指导方针是德行和智慧，4位皇帝一脉相传，运用恩威并济的手段，统率部队使之秋毫无犯，全军上下无不心悦诚服。在涅尔瓦、图拉真、哈德良和安东尼小心翼翼的维护下，文官政府得以保持。他们喜爱自由，愿意成为向法律负责的行政首长。在他们的统治下，罗马人享有合理的自由，恢复了共和国的荣誉。"

公元98年称帝的图拉真于公元117年突然死去。在他有生之年，没就继承人一事做过安排。但就在图拉真去世的那天，他的遗孀普罗蒂娜和禁卫军长官安提亚努斯宣布哈德良为养子。

哈德良是图拉真的表侄，同样来自西班牙的伊塔里卡城。10岁那年，父亲死了，他生前把儿子托付给图拉真，后者当时只是罗马军团的一位大队长，12年后才当上皇帝。作为监护人的图拉真将哈德良送到罗马读书，哈德良在这里读了4年书，并迷上了希腊文化，同学们称他为"希腊人"。14岁时他回到故乡西班牙，又迷上了狩猎。17岁回到罗马。《罗马人的故事》的作者盐野七生认为，哈德良养成的两大爱好有个共同点，那就是感性。在哈德良的一生中，"他始终是个感性的男人"。

后来，哈德良跟着图拉真宦海沉浮。图拉真因为哈德良与他关系亲近，为了表示公正，不希望后者过分飞黄腾达。真正给予哈德良一臂之力的是图拉真的妻子普罗蒂娜，她比哈德良大12岁，很欣赏他。有一种说法是在外征战、因病返回途中的图拉真临死前，把接替他担任远征军总司令的哈德良收为养子，并指定他继承皇位。另一种说法则是我们上面叙述的，主要是靠普罗蒂娜的力量将41岁的哈德良推上皇帝的宝座。

年轻的哈德良头像，坎努帕斯古物陈列馆藏

荷兰历史学家菲克·梅杰的《古罗马帝王之死》内容简洁明了，我很喜欢，这里就摘抄他的哈德良小传：

在史书中，哈德良被描绘成一个有头脑、有魄力的人，而正是因为他大胆果决，造成了他与元老院的不和。不过，要了解真正的哈德良是极其困难的。原因很简单，他太复杂，扮演了太多的角色。

哈德良的统治一开头就令人不快，就在他抵达罗马前，有4位前执政官被杀，个中原因一直未公诸于众。哈德良本人否认自己参与了谋害这4人的行动，而他对元老院过分仓促地判处这几个人死刑也深表不满。从那以后，哈德良与元老院之间一直存在隔阂。即便如此，这也没有导致任何实质上的仇恨，因为尽管哈德良与他的前任有所不同，实践证明他是一位贤帝。

哈德良花大力气加强莱茵河、多瑙河和幼发拉底河一线的防御体系，他通过建造防御工事巩固了帝国的边界，最著名的防御工事是英格兰北部的哈德良长城，该长城长120千米。

哈德良被人称为是"旅行皇帝"，因为执政的大部分时间他都不在意大利，他走访了帝国几乎每一个行省。

关于哈德良私生活的传闻轶事有很多，他被指责与已婚妇女有染、对男童进行猥亵。130年，哈德良到埃及旅行，整个行程中有一位叫作安提诺乌斯的希腊美少年陪侍左右，但安提诺乌斯突然死了。根据哈德良的说法，他是在船行驶在尼罗河上时不慎坠河死的。其他人则称，安提诺乌斯是想把自己永远献身给哈德良才跳海自杀的，因为死前一位神使告诉他，这样做他就可以把自己的余生献给哈德良。悲痛不已的哈德良当即把安提诺乌斯奉若神明，顶礼膜拜，并在其落水处兴建了一座城市，赐名安提诺波利斯，同时下令在帝国境内遍立安提诺乌斯的雕像，以铭记这位他挚爱的美少年。

公元136年，60岁的哈德良罹患重病，他可能是患了癌症或肺结核。他觉得来日无多，收养康莫都斯为养子。有人称，哈德良之所以选择康莫都斯是因为他年轻俊美，另外有传言说康莫都斯是哈德良的私生子。

康莫都斯的健康状况也很差，可能还患有肺结核。哈德良的姐夫、90岁高龄的塞尔维亚努斯及其孙子因为发表对此举不满的看法竟然付出了生命的代价。据说，塞尔维亚努斯在被赐死前拜祭神明时高叫："神啊，你们很清楚，我没做错事。我只乞求你们一件事：让哈德良求死而不能。"

塞尔维亚努斯的祈祷真的应验了，哈德良的病情越来越严重，也越来越痛苦，可就是死不了。他指定的继承人康莫都斯居然先他而死，所以只能让安东尼做了继承人。

哈德良厌恶生命，要求手下人把自己杀了，但没人愿意这么做。

哈德良最终在那不勒斯的海水浴场疗养时去世。

哈德良当政20年零11个月，其中最好的岁月是在罗马以外度过的。起初，元老们不愿在罗马举行国葬，他们甚至试图废除哈德良所有的决定，但他们最终放弃了这一想法，因为安东尼指出这样做也会使他的继任无效，而这正是元老们希望尽量避免的。于是，元老的态度变得温和下来，他们甚至同意将哈德良神格化。

哈德良别墅位于提博蒂尼山脚下的凝灰岩平地上，别墅周围是两条溪流，然后交汇于阿涅内河。提博蒂尼大道和阿涅内河也在这里交叉，之后就通往罗马。

哈德良别墅

第五章 走入哈德良别墅 113

哈德良看中了这个地方，有充足的供水、距离罗马只有28千米，阿涅内河上开通了航线，皇帝的銮驾也可由水路通行。这里的采石场中的原材料——石灰华（用作别墅底层建筑）、取材于石灰岩的石灰、火山灰（一种沙子）和凝灰岩——为别墅提供了大量石材。

此外，这里还有4条通往罗马的水渠，为罗马城邦供水，水对于热爱沐浴和喷泉的古罗马人而言是必不可少的。附近的艾布勒溪流处有几个具有治疗功效的硫磺温泉，其中因哈德良皇帝而闻名于世的巴尼迪蒂沃利温泉至今仍在使用。

今天用作参观的别墅考古区域面积大约40公顷，当年的面积至少120公顷。当然，这块土地只有一部分用于建筑，大都保留了其原本的自然面貌。

据记载，皇帝图拉真和著名建筑师阿波罗多格讨论建筑方案的时候，哈德良这个未来的皇帝插了一句话，却被建筑师嘲笑了一番，据说哈德良后来出色的建筑思维就得自这位曾经嘲笑过他的阿波罗多格。

罗马著名的万神殿最早建于公元前1世纪末，到了哈德良时代，万神殿几乎倒塌了。今天的万神殿完全是哈德良重建的，他的创意是把原来的方形改变成圆形，这恰恰是万神殿永世不朽的原因之一。我们因此可以确定哈德良是位极具天赋的建筑师。

今天别墅考古区的建筑物基本保存完整，建筑规划和功能也令人叹为观止，从亭子到花园，罗马式的休憩场所鳞次栉比，看起来毫无章法的规划其实严格遵照这个区域的地理环境。别墅总体规划的特点在于球形穹顶，交叉穹窿、分段穹顶和斜屋顶相互交替，也就是建筑上曲线和直线的混合交替。

但作为游人来说，走进哈德良别墅的体验未必佳，主要是偌大的空间竟然找不到一个工作人员，有的地方要么在修缮，要么是无缘无故地关闭。

走过长长的甬道，首先看到的是著名的珀西勒（Pecile）。

珀西勒是一个大型人工露台，中央是一个长方形水池，周围是一座花园和带有列柱的柱廊。所谓的珀西勒原意是指雅典的多彩柱廊，即记载那些希腊伟大画师的作品所在。

庞大的方庭环绕着珀西勒，方庭北面的主体元素保存完好，高高的立墙有9米高，墙面中央是方庭入口，入口外是一条通向北方的道路。两边

哈德良别墅的珀西勒

等间距的立柱柱基表明这里曾设置有双柱廊。从遗址墙壁上方的一系列大洞看，屋顶可能是带有坡度的木结构斜顶，大洞就是用来插梁的。

珀西勒花园里的中央水池

第五章　走入哈德良别墅　115

列柱廊底座安放在支撑屋顶的立柱的位置上，柱廊的这一部分是在方庭其他建筑之前建成的，原本是用于饭后散步的，18世纪在这里发现的铭文上说柱廊长429米，这个长度等同于绕着墙壁走一圈的距离。铭文上还说一个人每天需要步行3千米，因此，依照文献资料看，双柱廊的长度是根据医生建议的健康散步的法则制定的。

别墅第二阶段施工期间，工人们又给柱廊添加了一个小小的收尾，这些略微有些弯曲的柱廊将方庭花园环绕其中，花园中的大型长方形水池尺寸约为100米×25米。

由于今天的珀西勒与古罗马时代迥异，我们的视线总是被别墅的内部区域所误导，总是会情不自禁地将视线超出珀西勒建筑，延伸到周围的乡村美景。

其实，珀西勒是一座花园，我们不应该将自己内心以为的周边全景纳入视线范围。原有的带有柱廊的高墙阻碍了周边的景观，并通过那有如镜面的大型水池将建筑与外界隔离开来，为漫步其中的人提供一种平静放松的氛围。

从这里出发，以前的别墅主人或居住者、现在的游客可以去哲人室（Hall of the Philosophers）和海洋剧场（Teatro Marittimo），或者是通过一段阶梯去另一边的带有3个敞开式谈话间的建筑（Three Exedras Building）、仙女像体育场（Nymphaeum Stadium）和带有鱼池的建筑（Building with Fish Pond）。

珀西勒建筑结构平台的表面是由大规模的次结构组成的，这些次结构就是所谓的百房殿（Hundred Chambers）。设计这些次结构是为了平衡因为山谷地势的倾斜而带来的高低不平，毕竟西边的地势要低近15米。

和别墅其他的次结构一样，其支撑部分的空间是连续的，由4个容积最大化的楼层叠加而成。楼层房间的尺寸完全一致，都铺着木质地板，唯一的出入口在房间前方,混凝土楼梯衔接的木质过道就是进出这些房间的通道。房间的墙面和地板布局合理,为这些房间的命名提供了灵感。

别墅前厅下方铺设的道路,即地下通道可以直接通往浴池,学者们猜测这个区域可能是为别墅里的仆从提供生活起居的,公共厕所证实了这个区域作为住宅区的功能。此外,根据那些简易通道以及远低于别墅上层主体建筑层高的特点来看,这些空间也可能是用来储存物品和提供别墅人员日常所需的场所。

二

古罗马人的生活中是不能没有浴场的,哈德良别墅就有3个浴室:日光浴场(Heliocaminus Baths)是其中最为古老的浴场,是在罗马共和国时期别墅浴场的基础上重建的。浴场和住宅区由一条走廊衔接,浴场的命名源于它内部具有充足阳光的圆室,这个圆室可以聚拢太阳光,从而制造热量(后来的便携式火炉取代了太阳光制热),是为人们提供日光浴的场所。这种日光浴场所在古代的文献里时有提及。

近来,汗蒸室重新问世,火炉燃烧产生的热量通过导管送往汗蒸室的地面和墙壁,从而给室内提供桑拿浴必需的水蒸气。圆室顶部是花格镶板的穹顶,中央是穹眼,圆室西南面,也就是制热点所在的位置有着巨大的窗户,原本的窗格早已荡然无存;事实上,哈德良别

日光浴场圆室一景

墅浴室的制热点都位于西南面，这是根据古罗马著名的建筑师维特鲁威的设计原理安排的。窗户开在西南面，可以最大限度地吸收午后最炙热的阳光，而午后正是古罗马人沐浴休憩的时间段。

　　日光浴场的侧面是冷水浴室，这是一个开阔的长方形空间，巨大的水池周围是一圈柱廊。这里设置了第二个半圆形的水池，这个池子可以通往暖室，最后到达高温浴室。几个世纪以来，所谓的暖室损毁严重，两个洗热水澡的长方形池子本来设置在类似壁龛的墙壁凹陷处。原本的墙面和地板都是由大理石拼接成的，现如今只剩下了当时接合处的痕迹。大理石的使用和非装饰性的马赛克过道表明这个浴场属于别墅的主人区。

三

　　哈德良别墅的哲人室称得上是一间令人惊叹的拱室，其主入口位于北面前厅的双柱之间，后墙上有7个壁龛，学者认为壁龛里的雕像为7位哲人，哲人室的名字由此而来。这个空间全都是用大理石堆砌成的，灰泥墙面和墙壁的洞里仍然可以看到大理石板的痕迹，这些痕迹证明这些珍贵的石材曾用作房屋的支撑系统。墙壁和地板上整齐排列着斑岩，一些研究人员认为此处是个图书馆，那些所谓的壁龛就是摆放书本的空间，但是这样的结构对于拿取并放回这些书本而言可谓困难重重，必须要有一块垫脚板。另外，这些壁龛全都集中在室内后墙，就传统意义上的图书馆而

哲人室

言，显然不太合理。考虑到哲人室的尺寸，建筑两侧分别连接珀西勒和海洋剧场，每侧分别有两个门厅走道，这很容易让人联想到位于罗马帕拉蒂尼山上的弗拉维亚宫里的长方形会堂。如此看来，所谓的哲人室很有可能是元老院所在地，而这些壁龛大概是用来安放人物雕塑的，很有可能是皇室成员的雕像。

四

海洋剧场是哈德良别墅著名的纪念性建筑之一，也是整个别墅设计里创新性和独一性的象征。这幢大型建筑物的主要入口包括由门廊衔接的半圆形空间，其位置坐落于北面，是座通往和低台地处相连的图书馆的花园，如今这里的门廊只有柱基保留了下来。20世纪50年代的发掘适当还原了一部分拱顶建筑和立柱，护城河狭窄的水面上是石柱廊的倒影，被石柱廊环绕着的是一个圆形的小岛建筑，这里被视为真正的起居空间。

目前，护城河上横跨着两座水泥桥，哈德良在位时期，跨越护城河要通过两条便携式的木质坡道，这样一来，圆形建筑很容易给人以不能接近的印象。环形的水池上方排列着白色大理石，这些是用来架设桥梁的凹槽。桥梁所在的位置对应建筑的入口处，也可称为建筑的咽喉处，装饰着带有爱奥尼亚立柱的环形中庭，其横梁上有着精美的大理石花纹浮雕装饰，这些浮雕装饰的主题是海洋，这也是海洋剧场名称的来源。

除了中庭，柱廊的形状也很别致：内墙凸出，中央是个带有喷泉的小花园。与之相毗邻的是带有两个对称房间的空间，其一侧是开放的入口，也是用爱奥尼亚柱列分割的。一扇大型窗户面朝圆形柱廊后墙上的长方形壁龛，这个壁龛里原本很有可能竖立着红色大理石的农牧神雕像，这尊雕像是在18世纪对海洋剧场重新发掘的过程中发现的，后来被转移到了梵蒂冈博物馆。东面十字

海洋剧场

形规划的空间被视为卧室,在这个可以纵观护城河的凹室里曾经放了一张床。西面的空间则是一个小型的私人浴场:其中央是冷水池,通过目前仍然存在的水泥双梯与冷水池和环形水道相连;冷水池的北面是热蒸空间。通过外围的圆形柱廊,可以看到通往希腊图书馆的一段楼梯,与之相反方向的是一扇小门,这个狭窄的空间可能是岗哨,连接海洋剧场和哲人室。走廊尽头是一扇通往日光浴场的门和一条地下走廊,这条地下走廊是通向仙女像体育场的捷径。海洋剧场庞大的建筑尺寸让人联想到万神殿（这两座建筑的规划尺寸相近，海洋剧场的尺寸为45米，万神殿的尺寸为43.5米），其仿照了早期罗马享乐别墅和希腊化殖民地的一些前代建筑，比如西西里锡拉库萨的老狄奥尼修斯宫，其中包括一幢由水道隔开的独立建筑体，奥古斯都也曾在帕拉蒂尼山上自己的起居宫殿里修建了类似的一座独立建筑。

古罗马历史学家斯威托尼厄斯留下的文献资料表明，第一任皇帝的宫殿里包括一个叫"锡拉库萨"或"研究室/实验室"的地方，这是皇帝用来避开干扰的。小普林尼在《书信》（II, 17.20—24）里也说到了皇帝的避难所——在洛兰图姆小镇海边上的皇帝产业中盖起的一座阁楼，将城市的喧嚣全部阻隔在阁楼之外。前来参观海洋剧场的游客在这里可以感受到别墅主人那种希望暂别纷扰、追求宁静的心情。漫步于别墅的这部分建筑中，外部世界被阻隔于柱廊的高墙外，仿佛身处一座孤岛。这里游离在其他建筑之外，唯一的出入口就是那座门廊。后方是坐落于主轴线上的喷泉，尽头是造型优美的柱列，这样使得中庭的纵深感更为绵长，在空间结构和功能上达到了物尽其用的功效，从而满足了皇帝的需求。中庭的庭院、柱廊、门廊、卧室、浴室、厕所皆坐落于这狭小的空间之中。

五

金色广场（Piazza d'Oro）这个名称表明了其建筑和雕塑的富丽堂皇，而16世纪以来的"寻宝者"却将这些奢华的装饰盗取一空，使得如今的我们几乎看不到那种让人眼前一亮的奢华。就是在这个遗址中，人们找到了很多极具价值的大理石雕塑和建筑碎片，如今都散落在各大博物馆和私人收藏家那里。尽管秘密盗掘层出不穷，一直到18世纪末，那些带有"柯林斯柱顶的灰色立柱"的留存数量仍然十分可观。这些立柱如今陈列在梵蒂冈博物馆的走廊中，19世纪发掘出来的半身像和人物雕像则藏于罗马国家博物馆和哈德良别墅的坎努帕斯古物陈列馆。不论是在哈德良有生之年，还是在他死后，别墅的声望都来源于这里发现的那些帝王肖像，其中包括萨比纳、马可·奥勒利乌斯和卡拉卡拉。

金色广场这座恢弘的建筑包括一个大型中央花园，纵向是一个长方形盆地，盆地两侧是对称的花坛，周围是一个由壁柱和砖制半柱组成的大柱廊。大理石立柱和绿色花岗岩立柱也是由砖块砌成，沿着柱廊后墙排列，壁柱带上方装饰有小型圆拱，砖墙上覆盖了一层灰泥或石膏。建筑中有两条和柱廊平行的走廊，通过这两条走廊可以通往不同的方向。

高墙将公共区域的主入口和所谓的田舍（casa colonica）划分开来，田舍的位置就在金色广场北面柱廊的后头。田舍是哈德良即位之前的建筑，它的特色在于其相对保守的马赛克地面装饰，这表明该建筑原来是给别墅的仆从使用的。金色广场花园入口包括一个八角形的前厅，前厅的顶部是穹顶，穹顶中央

金色广场入口处的八角形前厅

是个天眼。建筑西边的空间有一部分保留了下来，多彩马赛克地面上遍布着菱形图案：彼时的艺术家通过镶嵌将色调深浅明暗的微妙变化表现得淋漓尽致。

花园的另一边是建筑主体所在的位置，不同的元素在这个空间里融会贯通，有的得益于希腊式风格的透视法。中央是个大型厅堂，一根根立柱将这个空间构建成八角形，凹面和凸面交相辉映。正方形的四角为半圆室，里面有一个小型仙女像；壁柱之间有6个单人厕所。根据一些学者的说法，这个厅堂的顶部是一个轮廓清晰的穹顶；另外一些研究人员则认为这个厅堂并没封顶。厅堂的后墙是个大型半圆室仙女像：水从7个小壁龛里流出，黄色大理石立柱竖立于紫色大理石平台之上，其间就坐落着仙女雕像。水来自小壁龛底部的池盆，缓缓流向位于中央厅堂的喷泉，之后又流向中央水池和花园里的小型喷泉。厅堂的两侧是两个小庭院，这两个拥有圆形拱顶的对称庭院分别通向不同的地方。这个厅堂曾经被认为是休憩室，不过将别墅和雅典的哈德良拱廊对比之后，人们认为这个厅堂很有可能是皇帝的私人图书馆。

六

带鱼池的建筑包含两个相连的结构，从其中一边远眺可以纵览仙女像体育场。整个建筑分为3层，内部依靠石头楼梯上下。中层空间并不大，屋顶也显得很低矮，走廊更是十分狭窄。研究人员认为这是仆人的空间，上层所有的房间都配备了锅炉等制热设施，出于这个原因，这座建筑又被称为冬宫。相对于周围附属建筑，其位置占据绝对的主导优势。不论是墙面还是地面装饰都显得富丽堂皇，都是用大理石铺就。如今，这里只剩下了地基，左侧尚且留存了一部分石膏墙面和墙壁上用来钉钉子的小孔，很明显，这就是皇帝的起居场所，根据建筑里的这些制热设施，我们也可以认为这是皇帝冬天的起居场所。

带鱼池的建筑里的柯林斯立柱及柱顶

这里包括了皇宫起居的全部特点：宏大的公共觐见区域和一些小型的会客空间；根据季节不同而选择在阳光下或是背阴处散步的列柱廊和隐廊；夏季可以就餐的带有就餐区域的大型花园，这些建筑设施都和仙女像体育场毗邻。跟皇宫的大部分建筑类似，富丽堂皇的建筑装潢吸引了一大批寻宝者来到这里，几个世纪以来，他们从墙上和地面上剥下了大理石板，用偷盗来的这些精美的石板装饰自家的王国。不过，即便如今的建筑只剩下了框架，我们依然可以感受到其内部空间令人惊叹的宏伟，特别是那些可以纵观仙女像体育场的厅堂，这些厅堂很有可能是冬天用来举办宴会或是典礼的地方。

我们可以从这里看到珀西勒的花园，还可以远眺通往罗马方向的乡村美景。建筑体的更深处是一块抬高了的平台，平台上有立柱，这可能是演讲大厅。与之相邻的是私人盥洗室，位于支撑半圆室十字穹顶的壁柱之间。起居空间的一侧就是所谓的鱼池，这是一个巨大的长方形水池，壁龛里装饰着一系列雕塑，周围是由柯林斯立柱组成的宽敞柱廊。柱廊和水池之间是走廊，走廊上不封顶，地面铺设着马赛克。下沉空间的外围一共有40扇八字窗，可以为这条低地走廊通风和采光。这条走廊位于柱廊的下方，通往走廊的是用白色大理石砌成的石头楼梯，走廊包括4个石膏墙侧厅。

七

在20世纪50年代的挖掘中，人们将仙女像体育场命名为体育场。随着发掘的深入，发现这里其实是一个带有喷泉和亭台楼阁的大型花园，其位置就在带鱼池的建筑的主入口的正对面。这个体育场北边和珀西勒、日光浴场相连，另一边是海洋剧场和哲人室的地下通道，南边和小浴场前端的方庭相连。庭院中原本可能种满了植株，其两侧是柱廊，穿过其中一条柱廊就可以到达庭院对面带鱼池的建筑。除了作为各大区域之间的交通枢纽，这个区域还可以将仙女像体育场的两个侧翼划分开来，北部的侧翼包括一个大型长方形花园和一条柱廊，柱廊衔接着3个敞开式空间——中间空间设置了一个高于地面水平线的壁龛，壁龛里原本应该放置着雕像，抬高其水平面是为了能从更远的地方看到壁龛雕像。花园里设置了一个长方形的水池，相邻两端是尺寸完全相同的大

仙女像体育场

花盆,至今仍然保存完好。紧接着是由壁柱支撑的区域,这个区域应该是个凉亭,凉亭中央是一个正方形喷泉,周边还有6个小型六边形喷泉。中央庭院的一条柱廊旁是一个由墙壁和立柱围绕而成的亭子(和附近的其他主要建筑一样已经损毁)。从这个位置可以纵观喷泉和中央庭院,这让学者们普遍认为这个区域是夏季躺卧式餐厅,四周只用帷幕隔开,地面铺设着华丽的大理石板。

八

小浴场(Small Baths)立面朝北,立面上是3个由立柱构成的壁龛。在建筑的前方,一条通往浴场的走廊穿过八角形的厅堂,厅堂的大理石墙面是凹的,屋顶是穹顶,地面下是制热设施,地面本身也可以传递热量,混凝土地基上的小型大理石碎片佐证了这一点。建筑体地面上随处可见奢华而繁复的大理石和装饰图案,建筑体东边的一条走廊和连接着八角形厅堂空间的地面上至今还留存着这些精美绝伦的装饰。跟八角厅堂直接相连且也配备了制热设施的是

小浴场

圆形厅堂，也就是所谓的圆屋，半球型的穹顶，穹顶中央开了个天眼，这是用来汗蒸的。其他制热空间沿着这个建筑依次排列，包括带有凸墙的大型房间。制热设施的松动导致了地面的坍塌，使得传送热空气的导管暴露了出来，斑驳的大理石立面也露出了用来传送蒸汽的垂直导管。

建筑的中央是冷水池，两个面对面的大型水池用白色大理石板砌成，水池边各有一个供人上下的大理石阶梯。厅堂后面的低处应该是所谓的健身房，这是根据大

小浴场八角形厅堂

浴场的规制来设置的。除了作为浴场，小浴场是整个别墅里最为奢华的部分，除了种类繁复的大理石装饰，该建筑体的建筑元素和细节也很奢华：不论是圆拱、斜顶，还是穹顶，设计上的匠心独运使得直线和曲线交相辉映，呈现出别样的美感。这个建筑体是整个别墅宫殿群里最重要的一部分，这个小浴场一定是皇帝的日常起居处之一。

九

大浴场（Grand Baths）这个名称源于比别墅其他浴场更为庞大的结构。大小浴场的西侧由一条地下通道相连，这条通道可以一直通往皇帝的起居处，仆从就是通过这条通道出入各处的。较容易识别的是圆形和带有天眼的穹顶建筑，这一建筑中并没有池子，所以这是一间汗蒸室：建筑规制令人震撼，即便用来吸收日光的巨形窗户已坍塌。

大浴场

在此之后是温水浴间——制热设施都在地下，一部分是用来传输热量、从而形成热循环的陶管——还有高温浴室也保存了下来。

建筑体的中央区域是冷水池，这是一个长方形的厅堂，上面是交叉穹顶。厅堂较低的位置砌有两个浴池，这两个池用于冷水降温，一个呈半圆形，另一个则为长方形。浴池用大理石铺就，出入有衔接的台阶，其入口则装饰有精美绝伦的带有爱奥尼亚式柱顶的大理石立柱。半圆形浴池后墙的壁龛表明，

大浴场的大理石立柱和白色爱奥尼亚柱顶

这里原本装饰着雕塑。从冷水池出发，除了可以去圆形汗蒸室，还可以去另一个带有制热设施的大型空间，长方形水池的四周各有一条走廊，长方形空间的地面上铺设了马赛克，学者们认为它是用来玩球类游戏的。邻近的健身房有个采用鱼骨状嵌砖工艺的宽敞庭院，庭院四周是地面铺设了马赛克的柱廊，柱廊的立柱已不复存在。冷水池区域的长方形水池上方的平台采用的也是鱼骨状嵌砖的工艺，这是对水池地面砖块分析研究后得出的结论。

不过，这里的装饰远不如别墅其他浴场那般华丽，保留下来的地面无外乎就是白色马赛克搭配一条或两条黑色边带，墙面也大多是石膏墙而非大理石铺就。正因为如此，学者们认为这个浴场的使用者应该是在别墅里工作的仆从们。

十

坎努帕斯（Canopus）是整个别墅中唯一令赫利俄斯·斯帕塔努萨在《哈德良生平》中大加赞颂的知名建筑。整体建筑位于一个狭窄的人造山谷之中，周边是砖石砌成的扶垛，建筑中最引人注目的是水的大范围使用和临水而建的亭台楼阁，坎努帕斯借用了连接埃及亚历山大城和尼罗河三角洲的同名运河的名字。这个地方以举办夜间聚会而闻名，巨大的水池（119米×18米）坐落于山谷的中心，北部是蜿蜒的综合建筑，向东直至边界是两条双柱廊，柱基上残存的大理石柱证明了这一点。一个狭长的花园对着柱廊，向西沿池而立的一排立柱为女像柱，和挡土墙相连，这是在山谷这一边的土山上进行考古发掘时发现的。

坎努帕斯

这座建筑的尾部是位于开敞室内被称为塞拉比尤姆的仙女像（来自坎努帕斯城的塞拉皮斯神庙），以及一个装饰着玻璃体浆料马赛克的圆顶和未封顶的后殿。仙女像前方两侧各有一个小型结构，里面是长方形的水池，这应该是大型休息室，里面有半圆形的石凳或者宴会用的石榻，鉴于其朝向为北面，花园和带有小型瀑布的水池可以让在这里就餐的人在炎热的夏天一边欣赏瀑布一边享用盛宴。

直到20世纪50年代，人们才针对这一区域开始了系统性的考古发掘，这次考古发掘让攸洛普斯（Euripus）重现于世人眼前，其在哈德良别墅中的位置原本一直是个谜。通过考古，我们了解了所有这些东西的确切位置，学者们对于这些雕塑在坎努帕斯的原始位置给出了一个大体的概念，也许这并不完善，不过可以让我们大致了解哈德良对于这个区域的设想。

这些所谓的雕塑大多是对古典希腊雕塑的拷贝，其尺寸远远超过了真人大小，其中有4尊为女像柱（用来支撑横梁式结构的雕塑），来自雅典卫城厄瑞克修姆庙（公元前5世纪末）里的少女立像复制品，沿着水池东边依次排开，这让艺术历史学家得以重新还原那些已经残缺不全的希腊雕像。这些少女立像两侧各有一个举着篮子的塞勒尼雕塑：这些篮子雕塑代替柱顶而存在——这种模式是从亚历山大城起源的大希腊化逐步演变来的。装饰攸洛普斯后方半圆形综合建筑的雕塑形象是一个头戴高头盔的年轻战士，据说是所谓的"战神阿瑞斯"，但他右手中那根神赐的墨丘利节杖表明他应该是赫耳墨斯。还

战神阿瑞斯雕像

有两个受伤的亚马逊女战士雕像,这是拷贝古希腊著名雕塑家波利克里托斯和菲狄亚斯为以弗所的阿尔忒弥斯神殿创作的雕塑。哈德良别墅里的复制品为后世提供了最完整的古代雕塑原型,尽管复制的雕塑本身有残缺,但让现代的研究者对古希腊雕塑原型有了完整的认识:虚弱的女战士拖着一条伤腿倚着长矛,试图恢复体力。

此外,从攸洛普斯发掘出来的雕塑大多是用作池边装饰的,尽管我们不知道其具体的位置。这些雕塑是尼罗河和台伯河的拟人化形象,从前者的陪衬雕塑是斯芬克斯像,后者的陪衬雕塑是一头母狼和罗慕路斯、瑞慕斯可以看出来这点。同一区域的鳄鱼雕塑采用的是齐波利诺(cipollino)大理石,这种大理石的纹路非常适合用来表现动物的皮肤纹理。鳄鱼爪子之间的铅管表明这是

台伯河神像

哈德良别墅之坎努帕斯

一尊雕塑喷泉，这尊鳄鱼雕塑原来的位置很有可能是在攸洛普斯发现的石头基座上。南面的平台上是个巨大的大理石半球形基座，散落于地面的数以百计的大理石碎片原本位于水平面下的平台上，基座的底部仍然保留着不同海洋生物的原始装饰。

目前残存下来的群雕还包括两尊男性塑像，这两尊塑像好像在被群狗追赶，身上缠满了鱼尾，挣扎着动弹不得。德国雕塑家H.薛德勒（1916—1999）根据分散于各大博物馆（梵蒂冈、罗马、巴勒莫和柏林）的雕塑残片研究，重新用大理石复制了这组群雕。圆形浮雕的残片上依稀残留着女子半身像的痕迹，其下方是一群狗和鱼尾的浮雕。这是斯库拉，即《奥德赛》中记载的残忍吞食了陪同尤利西斯出海的船员的女海妖。海妖斯库拉的模样格外生动，从脚下的疯狗和缠绕的鱼尾中脱颖而出，好似令人恐惧的幽灵，全身散发出来的恐怖气息令其脚边的疯狗都心生怯意，不由自主地向四处逃散。斯库拉那近乎暴力的场景的戏剧性足以使观众感受到人物的痛苦和悲怆。

整体的金字塔形状采用的是希腊化模式，塞拉比尤姆雕塑机构里的学者重塑了安提诺乌斯像的纪念基座，他是公元130年在尼罗河神秘死亡的年轻人，哈德良后来将其神化并为其制作了纪念雕塑。安提诺乌斯戴着头巾、围着腰带的塑像于18世纪发现于坎努帕斯地区，现藏于梵蒂冈博物馆。他的头巾上盘着蛇，看起来像是埃及法老。公元133—134年间，在从埃及返回的途中，哈德良下旨为安提诺乌斯建造神庙，甚至下令用整个城池来纪念他。18世纪，加文·汉密尔顿在潘塔内拉沼泽地的考古发掘中发现的3尊男性雕塑头部被认为是来自独眼巨人建筑的著名群雕中尤利西斯的同伴。事实上，这组位于哈德良别墅的群雕和斯佩隆加提比略别墅的非常相似。学者认为塞拉比尤姆仙女像处于整个别墅里相对优越的位置，其带有人工开凿的洞穴，还有一个嵌在壁龛里的喷泉，而横向的壁龛里伫立着同一主题的其他雕塑。直到现在，还没有足够的证据支持那些试图解释塞拉比尤姆雕塑群体重要性的假设，这些雕塑存在的意义仍然是个未解之谜。

坎努帕斯的亭子还包括自然景观区域，这里被布置成了花园，里面用于装饰的雕塑以不同的大理石为原材料，发掘出来的小型壁柱、花瓶、桌腿、酒神巴库斯的面具，还有喷泉里的戏剧面具，都是古罗马花园里必不可少的装饰元素。由于早期的"考古学家"并没有记录这些"小"装饰物的发现地点，也不曾提供足够的相关描述，因此现代的研究人员无法了解哈德良别墅花园规划所遵循的理念。最近的项目是针对别墅花园展开的，主要研究的是灌木和花丛的采光，以及这两者与喷泉和水池之间是如何陪衬花园和列柱廊的。此外，在攸洛普斯东面斜坡的坡底，考古学家发掘出一条和池边相平行的花床带，那里散落着好些陶制花盆，这些花盆的尺寸大小不一，但每个花盆的底部都带有一些小孔，这些小孔是为了让盆里植物的根须可以接触到盆外的泥土，等到根须茁壮到一定的程度，就不再需要这些用来固定的花盆了。彼时的园艺师会使用一些大小适中且开了孔的运输瓦罐来种植和定型植物，这些瓦罐的上部被翻转过来，使得其窄端能更好地立在地面上。基于这种做法以及出土瓦罐的种类，考古学家基本上可以将这个花园的修建时期归为哈德良执政时期。除了这些陶器，制作者留在砖块上的记号也表明其修建时间在公元2世纪头10年。

十一

哈德良别墅起先只是罗马共和国的别墅，后来其部分建筑被纳入了"帝国皇宫"，根据最近的研究，哈德良的居所可以算是单一逐个规划的结果，特别是那些地下通道和排污系统。别墅建筑墙面砖块上建筑师留下的记号充分证明了这一点，这些砖块是不同时期的产物，根据这些砖块，我们大致可以认为这项大规模工程是由北向南依次建造的。建筑的一部分明显有过改进，这些改进并不是别墅重建的成果；相反，它很有可能是哈德良居住在别墅监工期间对于工程进行干预的结果。

仔细研究别墅的总体规划，会发现30座别墅建筑都是按照3个不同的坐标轴来规划的，只有一个坐标轴上的建筑是以共和国的别墅为基础建造的，遵循的是传统的建筑风格。另外两个坐标轴和第一个核心坐标轴截然不同，它们遵循的是完全不同的方案，其方案一方面取决于地形，另一方面补充了一些新类型的设计。然而，学者对于一部分建筑的确凿功能仍然语焉不详：别墅里的3座浴池，是用来给居住在这里的人或是前来拜访别墅的客人沐浴用的，从帝国皇室成员到客人，再到效忠的仆人们，似乎都可以在这里沐浴。所谓的珀西勒则是健身场所。饭后在柱廊间散步是保持健康的明智选择。帝国皇宫地区和带鱼池的建筑（鉴于地面铺设了供暖系统，也可以说是冬宫）、花园和所谓的体育场，3间开敞式谈话间紧密相连，所有这些空间都被视为皇帝的起居之地。别墅的另一个建筑群包括百房殿或总府，房间分布于不同的楼层，彼此间以木质走道相连，这些房间是仆从来往、存放货物的空间。这些空间和地下过道直接相连，而地下通道在别墅施工时期是为运输建筑原材料提供便利而建的，之后则划拨给仆从使用，这样仆从的来往就不会影响皇帝的日常生活。

别墅住宅区装饰着大量引人注目的雕塑品，从文艺复兴时期开始，这些珍贵的作品就成为狂热的寻宝者孜孜以求的宝藏。此外，对于大理石制品的拆卸、用于其他建筑体的行为，从中世纪就开始了，这也导致别墅大部分的装饰后来散落于意大利各地，其中包括各大博物馆。哈德良别墅的遗迹虽不至于散落于整个欧洲大陆，但其覆盖面之广确实不止意大利。剔除那些来源未知的雕

哈德良别墅内的建筑

塑品，研究人员已确认了几个世纪以来出土的至少500尊雕塑肯定来自别墅，许多雕塑都是从二次埋存的藏品里回收来的，例如18世纪加文·汉密尔顿在潘塔内拉沼泽地里重新发掘出的组雕，这些组雕离开别墅之后，不知什么时候又给掩埋了起来，之后又过了好久才重新被人发现。

再辉煌的别墅也会有被遗弃的一天，之后的日子里，别墅建筑被陆陆续续地拆除，用在中世纪及其之后的建筑上，这导致人们现在所研究的对象只剩下了建筑框架，装饰结构则完全遗落在历史的长河里。尽管那些宏伟的城墙、断壁残垣的确令人印象深刻，但就算再专业的学者，也无法精确地还原哈德良时代的别墅原貌了。不过，通过原址上的那些残片和对于别墅内部的考古发掘，我们知道别墅的装饰是非常华丽的。

哈德良别墅的断壁残垣

别墅建筑的建造采用的是混合式作业法，就是将核心混凝土堆砌成石块（楔形石灰石），四周则由水平排列的砖块封边。砌好的墙面上再涂抹一层灰泥，然后在上面装饰壁画、大理石造像或者其他装饰。特别精致的当属维纳斯神庙仙女像的穹顶粉饰，上面是以色彩区分的几何图形，此外还有独立的装饰图案（花朵、盾牌、胚珠），大浴场采用的也是这样的装饰，不过显然不如这里精致。别墅主要建筑的墙面和地面上都铺设了珍稀的大理石材，这些石材是从帝国各个不同的采石场里采来的，它们被一批一批地运往这里，在这里接受打磨，成为别墅装饰中耀眼的组成部分。彼时，别墅的装饰图案还采用了其他材料，比如玻璃体浆料和象牙。

考古学家发现马赛克装饰纯粹出于偶然，这之中包括现存于柏林博物馆的半人马和怪兽之间冲突的场景马赛克，还有目前藏于梵蒂冈博物馆的戏剧脸谱；藏于卡皮托里尼博物馆的鸽子马赛克，学者们认为这是引进了希腊风格的作品。另一种能够充分显示2世纪马赛克师傅精湛工艺的是金色广场的前厅一侧半圆室里的多彩马赛克，细小的马赛克镶嵌块颜色各异，仿佛一条编织成的精美地毯。在其他建筑中，比如医院，其装饰马赛克着重于黑白两色的交替，使用的也是大块镶嵌块，从而使装饰呈现出一种非凡的大气感。别墅墙面的装饰也十分出彩。除此之外，一些建筑元素的装饰也十分引人注目，其中包括浮雕残片、横梁式结构、立柱、柱带、柱基和柱顶，这些都体现了无与伦比的价值。这些建筑元素的品质都是一流的，其风格无一不见证了别墅建筑的奢华。

人们针对那些保存至今的雕塑和建筑进行了检测，发现空间的设计、别墅的环境和装饰的选材都经过了一丝不苟的规划：一些建筑所配套的雕塑和图形主题、大量珍稀石材和大理石的使用，都反映出这位皇帝的品位。尽管许多建筑的上层部分已经损毁，但我们能够漫步其中的那些开放式户外空间曾经也

《鸽子马赛克》，罗马卡皮托里尼博物馆藏

是别墅室内结构的一部分，比如帝国皇宫和前厅。尽管我们无法欣赏到完整的花园系统和由哈德良亲自规划的园林，但它们对于别墅建筑的重要性不言而喻。周围的风景和别墅"宫殿"的融合是通过一连串的亭台楼阁、塔楼、仙女雕塑、建筑背景和住宅来实现的，别墅周边景观透视法的重复使用通常是由水的元素来呈现的。这个宏伟的建筑工程对这一平原地区的原始形态造成了相当程度的改变，一部分土丘被人为夷平，目的是去除别墅建筑所在区域的山谷地貌，比如坎努帕斯。还有囊括了新建筑的其他人工土木工程，比如珀西勒，其西侧就是百房殿。

此外还有隐蔽的空间，这些空间和自然风貌融为一体。亭台复楼阁、层层叠叠的树木阻挡了烈日，为树下的空间提供了阴凉，珍贵的大理石交替其中，揭示出皇家住宅的显赫，这样的规划方便主人一览别墅全景。

近几十年来，对于哈德良别墅所在地的地形研究使得学者们得以更好地理解别墅"绿地"空间的结构，他们可以通过对别墅各个考古区域的研究来获得更多的别墅结构信息。然而，就目前的证据看，要想确定最初的别墅花园里有哪些植物种群却几乎是不可能的。今天我们可以看到那些高大的常绿落叶灌木（橡树、圣栎树、柏树和五针松），其中相当一部分是18世纪时的别墅主人朱塞佩·费德伯爵栽种的。现如今，这些自然遗产已经和古老的别墅建筑融为一体。

第 六 章

走入"千泉宫"——埃斯特别墅

埃斯特别墅位于拉齐奥大区的蒂沃利,这座小城在古罗马时期被称为提布尔,坐落在亚平宁山脉的提布尔提尼山上。别墅园林中大大小小数百座设计巧妙的喷泉与自然景观水乳交融,不仅使埃斯特别墅成为意大利园林设计的典范,也为它赢得了"千泉宫"的美誉。

一

埃斯特别墅也在蒂沃利城，门面并不豪华张扬，但若深入进去，则会令人叹为观止。离开了哈德良别墅之后，我们又到访了这里。

埃斯特别墅的主人艾波利多·德·埃斯特（Ippolito II d'Este，1509—1572）是费拉拉大公阿方索一世和教皇亚历山大六世的女儿卢克雷齐娅·波吉亚的儿子。我曾在《托斯卡纳销夏录》中介绍过：艾波利多是意大利最为显赫的王朝家族——埃斯特家族的后裔，该家族从1393年开始就是费拉拉的统治者，其声誉不仅仅来自家族崇尚自由的传统，对于文化的传承和对于艺术的鼎力支持也将15—17世纪的意大利打造成人文主义传承的核心地域。

自出生开始，艾波利多便注定了要经历教会生涯。他10岁就被任命为米兰大主教，27岁的时候，艾波利多完成了人文社科的学业后，被送往法国宫廷。在那里，他和法国王室成员建立了真正的友谊。1540年，他成为法王弗朗索瓦一世私人委员会的成员。艾波利多30岁时，应法国国王的请求，教皇保罗

埃斯特别墅附近街景

三世批准了其成为红衣主教的提名。在弗朗索瓦一世的保护下，艾波利多得以发挥自己的优势并成为当时最富有的主教，他的年收入估计有12万斯库多（16—19世纪意大利通行的银币）。

艾波利多的慷慨使得他成为艺术文化人士的保护伞。在这些人中，我们只寻找到寥寥几个名字——金匠和雕塑家本韦努托·切利尼、音乐家皮耶路易吉·达·帕莱斯特里纳和尼古拉·维琴蒂诺、拉丁语学者乌贝托·弗格利塔和马克-安托万·穆雷、建筑师塞巴斯蒂亚诺·赛利奥和皮洛·利戈里奥，还有诗人托奎多·塔索。

1549年，艾波利多作为法国国王亨利二世的代表来到罗马，很快他就成为城市政治、艺术和社交界一颗最为耀眼的新星。

二

作为狂热的古董收藏家，艾波利多对拥有巨大考古遗产的蒂沃利具有浓厚的兴趣。

当时的蒂沃利还没被开发，其财富仍然深埋于地下。在艾波利多到来之前，"古典主义者"皮洛·利戈里奥已经在这一地区研究和勘察，涉及的领域有雕塑、浮雕和别墅的建筑设施。利戈里奥建议艾波利多在这里修建一座宏伟而新颖的喷泉花园。

别墅的选址是一个名叫高登特山谷的城池，别墅规模相当于四分之一个城池，从圣母大教堂附属修道院地基处开始有一段相对陡峭的斜坡，斜坡的另一头就是罗马纳港口。尽管其位于中世纪的城墙内，但这块土地仍然保留了乡野农村的景观。扎皮对这一地区的描述是："这里有着乡野的质朴，地坑和大溶洞遍布其中，里面时不时会窜出一头狼或是其他可怕的动物。"

埃斯特别墅门前的雕塑

埃斯特别墅花园

在这样一个既干燥又难以接近的多岩石土地上修建花园的想法简直是异想天开，然而异常陡峭（垂直距离超过45米）的地形好像是天生为喷泉花园配备的优势，建造者考虑引入阿涅内河水流的可行性，这是唯一可以满足源源不断地大规模用水的水源。

1550年10月末，红衣主教艾波利多获得了高登特山谷中的几处土地，在这些土地上，他开始规划未来的花园，计划用地的最大宽度介于圣皮耶特罗教堂后殿和城墙之间。之后的几年里，这件事被搁置了下来，先是因为帕尔马战争，艾波利多作为外交官被派往意大利北部；之后是亨利二世下令艾波利多在锡耶纳执行任务，一直到1555年的夏天，他才回到蒂沃利，继续他的别墅建设大业。

但当年9月，艾波利多被控买卖圣职罪，被教皇保罗四世下令流放。最后，教皇庇护四世恢复了他蒂沃利总督的官职，这个职务的名称还上升到了一个新的高度——终身总督。艾波利多于1560年7月回到蒂沃利，同时开启了新别墅的建设工程。

三

工程剩余的土方全部转移到花园的右侧，以增加台地的面积，同时作为支撑人工台地和壁柱拱廊的地基，以容纳大量的人工洞穴、壁龛和小型仙女像。

各个部分的工程是同时进行的，光是雇用工人就持续了将近3年，从1563年到1565年5月。与此同时，水利系统的工程也在进行中，椭圆形喷水池所在的人造山丘下方开凿了运河，并修建了200多米长的地下管道，用来引入阿涅内河的河水。

不久之后，花园初见规模，以一条垂直线为基本轴，这一地区被划分成

埃斯特别墅圣杯喷泉

一个个等规格的单元区域，或者"隔间"，它符合文艺复兴时期的美学规范，每一个单元区域大概30米宽。

1565—1566年间，第一阶段工程已经结束，劳动力主要集中在宫殿的图案装饰这块。自1566年开始，工程进入了高峰期，进度越来越快，适逢艾波利多第五次在教皇选举会议上惨败，庇护五世甚至剥夺了他的全部任命，这位红衣主教把更多的精力转移到埃斯特别墅花园的修建上来。彼时这座建筑大部分已经完成装饰，朝向花园的西南部分拆除了原本的建筑，建筑外部的工事也已经完成，项目焦点再次转向内部装饰。

伊莎贝拉·巴里西的《埃斯特别墅导览》介绍道：

别墅的建筑是根据学术造像程序进行的，这些学术造像是皮洛·利戈里奥和艾波利多身边的人文主义学者共同研究完成的，这样做的目的是提升这座宅邸的规格等级和这位红衣主教的地位，并强调其美德和高贵的血统，这也使这座恢宏的建筑更显庄严肃穆。象征性、寓言等主题元素共同构成了这幢建筑统一体——从不同的喷泉花样、内部装饰画上的风景图案到古典雕塑的陈列布局，这些都是以神话和古典文化的解读为蓝本，别墅的布置融合了各个艺术学科和理念，这些理念对于当时文艺复兴时期的工匠而言，可谓信手拈来，尽管对于现在的我们而言显得十分陌生。

1569年之后，工程进度有所放缓，这可能是因为红衣主教的财务状况恶化，毕竟他在这个项目上已经砸下了巨额资金（可能是100万斯库多或是200万斯库多）。1568年的时候，他又失去了来自法国王室的任命，收入进一步减少。

艾波利多晚年饱受痛风的困扰，只能从读书、与宫廷知识分子的交流之中获得一些精神上的慰藉。埃斯特别墅成为一座文化的圣殿——知识分子、精英、文人、诗人和音乐家等的聚会场所。在这位红衣主教的葬礼上，法学家埃尔科利尼·卡托将别墅花园描述为"一个集合了世界上奇人异士、共和主义政治家的学院、圆桌和剧院"。

1572年夏天，这项工程得以再次进行，以准备迎接格里高利十三世在9月27日的探访：喷泉匠人、砖瓦匠、装饰艺人、蚀刻大师和布商纷纷加入，在他们的努力下，巨龙喷泉和上层空间的装饰顺利完工。为了迎接教皇，花费的成本高达5000斯库多，这笔金额让原本就负债累累的红衣主教债台高筑，迫使他不得不典当自己名下的银器和贵重物品。

教皇的来访不仅仅是对那个时代最杰出的红衣主教的崇高敬意，也是对他政坛复兴的认可。但不久之后，在1572年12月2日，艾波利多逝世于罗马，根据他的遗愿，他被安葬于蒂沃利别墅旁边的圣母大教堂，其棺椁就葬于高坛前方的大理石板下方，同样安葬于此的还有其继任者路易吉和亚历山大·埃斯特。

几个世纪以来，蒂沃利一些重要的雕塑和艺术品四散各地，艾波利多的宅邸也惨遭损毁，剩下的那些断壁残垣见证了埃斯特别墅的兴衰沉浮。

四

埃斯特别墅宫殿的建筑结构非常简单：长长的3层主体建筑，以条饰、成排的窗户和几乎没有突出来的侧翼为主要标志。别墅内主要房间里的珍贵家具和雕塑虽已四处分散，但仍留有许多华丽的彩绘装饰——众多画家和粉饰灰泥艺术家作坊的作品。

今天进入埃斯特别墅，只能通过一扇与圣母大教堂相毗邻的门，它原本是专门供主人进出的通道，原来的别墅大门入口直接面对花园。

穿过现在的入口，就是宫室的第一个空间——门厅（Foyer），门厅十分宽敞，有个圆形拱顶，拱顶上覆盖着绘画。由于1944年的空袭，这些建筑元素早已损毁，现在我们看到的都是后期修复的。墙面上的图案模拟古代大理石装饰；穹顶上有铰接似的网络，上面飞翔的小鸟、扇形的贝壳和各种奇形怪状的图案让原本枯燥的建筑变得生机勃勃。

在绘有寓言故事的装饰面板上原本有装饰着《旧约》故事的单色画，不幸的是，这些画作要么惨遭损毁，要么遗失了，如今依稀可见的是大洪水、该隐和亚伯、摩西的生平、雅各的生平和大卫的生平这些场景，保存得最好的是描绘以撒牺牲的场景。

穿过埃斯特别墅前厅

《巨神头像》，16世纪，埃斯特别墅

附属于门厅的两间客厅如今是用来迎接游客的——大战的轰炸摧毁了那些沿着客厅墙壁描绘有古代神话主题的雕带——紧接着是所罗门故事厅，现在这里是售票处，一些在大战过后受损严重的图案装饰经过修复已经回到了原来的位置，如今这些雕带不像往日那般清晰可见，不过上面描绘的故事尚可分辨——所罗门的故事，从他宣告成为以色列国王到关于王国分割的神圣预言，描绘采用的是单色画，画面镶嵌于一个虚设的大理石框架中，框架角落上装饰着带有织物图纹的华盖，华盖下方是带有红衣主教的顶饰。

走出售票处，在进入庭院之前，我们可以看到左手边有一道壁龛，里面安置着一尊来自16世纪的石灰石巨神头像，头像坐落在16世纪出产的意大利式花饰陶制底座上，这尊雕塑和其孪生雕塑一起安置在庭院外侧的壁龛之中，它们是1765年从花园转移到这里的。

穿过前厅，我们就进入了带有柱廊的庭院，这里原本是修道院的回廊，修道院的建筑元素今日几乎消失殆尽，只有寥寥几处尚残留着昔日修道院的痕迹，比如西南墙上的直棂窗。

位于圣母大教堂旁边的庭院里有一个金星喷泉，这是整座别墅中唯一保存完好的原始雕塑群喷泉。

建筑装饰是凸起的石灰石浮雕，类似于凯旋门的建筑体上只有一个由多利安式立柱构建的穹窿，这出自法拉雷罗·桑格罗的手笔。公元4世纪的檐口

金星喷泉

上方是大理石的君士坦丁皇帝雕像,雕像坐落在一个带有大型面具的基座上,雕像和基座都是公元16世纪制作的。

  小小壁龛里是古罗马的维纳斯雕塑(公元4或5世纪),维纳斯临水而眠,她倚着花瓶,身上半遮半掩,水流缓缓喷出,流入下方的白色大理石的池盆中,池盆正面两侧的手柄上装饰着两只狮子头像(公元2世纪)。

壁龛的基座上装饰有灰泥浅浮雕，这是库尔佐拉·马卡罗内的作品（至今保存完好，除了表层的镀金略微有些褪色），浮雕上描绘的都是从圣天使山到别墅沿途的景观，有岩石、风车、桥梁和乡村建筑。

沿着拱廊前行，会发现一些温柏树的树枝。温柏树是一种稀罕的果树，其果实俗称"木梨"，类似黄灿灿的梨子。这暗喻大力神赫拉克勒斯的第十一个功劳，从金苹果园盗取金苹果，金苹果园由巨龙"拉冬"守护。这也是埃斯特别墅里运用得最多的象征故事，马克·安托·涅穆莱的短诗中写道："大力神从熟睡的巨龙身边偷走了金苹果/落入了如今的艾波利多之手/拥有这项馈赠的他祝福原作者/在他修建的花园里永世长存。"

赫拉克勒斯是图案的中心人物，在别墅里随处可见，他是提布尔提尼的保护神，也是埃斯特家族的传奇创始人。别墅是艾波利多雇用"劳工"的见证，传说艾波利多迫使这些赫拉克勒斯的劳工为他建造花园，而由埃斯特雄鹰守护的苹果则是其个人的象征。

人们在宫室和花园的装饰中也能看见那些主题：比如对提布尔提尼自然之美的歌颂，别墅入口处歌颂生命的水元素、维纳斯、喷泉守护神等16世纪比较典型的装饰主题，这些主题是安吉洛·克勒奇从古罗马的喷泉造型中继承并加以改良的。

五

按照传统说法，位于柱廊直棂窗下方的石馆是红衣主教艾波利多从附近的圣彼得教堂挪过来的，用来充当喷泉下方的蓄水池。这显然是中世纪晚期的罗马大理石作品，其表面曾经覆盖着马赛克镶嵌瓷砖。

有趣的是，19世纪的德国音乐家弗朗茨·李斯特经常光顾此处，据说他居住在一个小公寓的顶楼,经常在这个名叫"玫瑰屋"的圆形练习室里作曲或者演奏钢琴,并写了《埃斯特别墅的水嬉》和《埃斯特别墅的柏树》两首乐曲,现如今这里是管理人员办公室。

从庭院出发,穿过大玻璃门和楼梯,就进入播放别墅介绍的放映厅。如此巨大的空间原本都覆盖着一层皮革圣衣,其中没装饰任何画作,除了一些窗户的壁凹处。

离开角厅,往右侧走可以来到狩猎大厅,1944年以前,墙面上曾装饰有一条壁画饰带,如今朝向庭院的墙上还留有这条饰带的痕迹。

狩猎大厅墙上的壁画饰带

罗马尼亚艺术家维吉尼亚·托梅斯库·斯克罗科画作,埃斯特别墅藏

回到角厅,可以去另外两个室内空间,它们的顶部还保存着16世纪的花格平顶。第一个空间的窗洞里有一幅画着昆提洛圣玛利亚教堂的提布尔提尼乡村景观壁画,其神奇之处在于,游客透过这扇窗洞就可以看到和画作一模一样的现实景观。

另一个房间是用来展出罗马尼亚艺术家维吉尼亚·托梅斯库·斯克罗科（Virginia Tomescu Scrocco）的架上画的,这些画作是她的后人捐赠给别墅的。维吉尼亚出生于1886年的布加勒斯特,在巴黎和罗马接受了专业的绘画训练。1915年,她和丈夫一起搬到了蒂沃利,不久之后,她的家就变成了这个地区艺术家和知识分子聚会的场所。这里展出的画作大部分都是描绘当地风景或者城里文化生活以及名人。

六

接下来是红衣主教一家的私邸,首先映入眼帘的就是沙龙。

这个巨大的沙龙位于大楼正中央,是用来接待来访者的。16世纪时,沙龙墙壁上覆盖着印有金色和绿色花纹以及家族象征雄鹰图案的皮革墙饰,如今的墙面却是光秃秃的。我们之所以能知道之前的墙饰,是因为之前付给米歇尔·迪·多米尼克150斯库多佣金的记录。沙龙里的众多家具中,有一张是专门用来玩特鲁克（trucco）的桌子,所谓的特鲁克是文艺复兴时期流行的一种桌球游戏,和今天的台球一样,桌子上也铺着绿色的桌布。

沙龙的上层空间布满了壁画,描绘美德的雕带环绕于墙壁上端,内阁穹窿上装饰有奇怪的花纹,灰泥粉刷的框架将其隔开。这些绘画装饰1568年由利维奥·阿格雷斯特主持,参与装饰的艺术家非常多,他们都是艾波利多召集来的,有来自本地的粉刷匠人,还有来自托斯卡纳、伦巴第和马尔凯大区的大师级匠人，更不用说还有佛兰德斯的艺术家，他们可谓是别墅风景绘画创作的中坚力量。

雕带上刻画了美德的20个拟人化身（每个人物都配有铭文），每个人物由朴素的椭圆形框架依次隔开。穹窿上方的正方形空白处原本是打算描绘"有价值的人"的，红衣主教离世后，就一直空在那里。穹窿的装饰糅合了多种元素：有人性化的描绘、变形的牧神脸庞、幽默感十足的带翼妖怪、四季的寓意、河神，还有植物和水果组成的花彩。在这之中，人们可以看到百合花、老鹰、苹果和代表红衣主教本人的象征符号。所有的元素都来自当地，比如位于溪流瀑布旁边早已损毁的西比拉神庙。

离开凉廊，第一时间就能欣赏别墅花园的美景和提布尔提尼地区的全景景观。正如扎皮所描述的那样："你可以看到整个城市，看到花园，看到野生的橄榄树，看到山脊线的缓缓上升，看到宽阔的平原和乡野，这样的景致不仅限于罗马，它一直延伸到30英里之外的奥斯蒂亚——你可以看到连着阿涅内河的花园，甚至还能看到昆蒂洛·瓦洛的别墅和皇帝哈德良的别墅，还有据说是拥有世界上最美景观的皇帝屋大维的别墅，如果是在天朗气清的上午，你甚至可以在这里看到罗马城和圣彼得大教堂的轮廓。"

地面是带有条纹装饰的赤陶土，其中包括19世纪末的马略卡瓷砖，这种瓷砖是以16世纪的原始瓷砖为模型重新制作而成的。

接着往下走，就来到了前厅。这里的饰带和拱顶也都是由利维奥·阿格雷斯特带领的粉刷匠和画匠精心装饰的。饰带上有16种美德、拟人化的肖像和粉刷框相互间隔，交相辉映。穹顶上，造型怪异的自然图景和古典优雅的外框装饰吸引了人们的眼球，在穹顶中央饰板上，两个天使托起了红衣主教的徽章。

然后我们来到埃斯特别墅主人红衣主教艾波利多的卧室,这里原本装饰着金银的皮革墙面如今只能通过想象来加以还原。墙面的装饰是1576年由佛罗伦萨的工匠米歇尔·迪·多米尼克负责的。卧室里的木质方格天花板非常引人注目,这么多年下来,其图案装饰依然保存完好,也算是个奇迹。

中央的隔间里,埃斯特家族的顶饰有一顶红衣主教的帽子,两旁是红衣主教个人的象征标记——温柏树树枝环绕着老鹰,此外还有一句来自奥维德诗篇的座右铭,描述的是赫拉克勒斯从金苹果园偷取金苹果的故事。

下方的饰带提供了另外一个描绘美德的寓言版本,女性人物各自具有不同的寓言属性,两两搭配安坐于椭圆形灰泥檐口的两侧。和富丽堂皇的房间相比,这些图案主动大胆,丰富的色彩更加具有装饰性。

接下来的是艺匠厅,这也是红衣主教私人居所的一部分。

从这里继续往下走就是走廊,这是上层唯一保留有完整赤陶土地面的空间。红衣主教艾波利多时代,这里的墙面也覆盖着装饰有金银的皮革墙面,其边界还有红、黑两色的边框。

红衣主教居所的尽头是一座小型礼拜堂,由费德里科·祖卡里及其助手一手打造,竣工于1572年春天。

祖卡里采用之前在卡普拉罗拉的法尔内赛宫里的圆形礼拜堂设计,墙壁上则由描绘预言家和女先知的场景画作为背景。扁平的爱奥尼亚式壁柱将空间分隔成一个个单色浅浮雕的小

小型礼拜堂

隔间，这些浮雕上刻画的都是名人的轶事。预言家和女先知的场景画主导这个狭小的空间，它是宫室里最重要的一组图像组合，画作的质量和风格表明这幅作品无疑出自于祖卡里之手。

祖卡里的助手负责桶形穹窿的装饰，优雅的镀金灰泥框架描绘的是圣母的生平故事：圣母诞生、与约瑟夫的婚姻、圣母访亲、耶稣圣殿接见以及圣母之死。圣坛上方是一幅名为《吉亚拉的圣母》的画作，这幅画是1573年模仿画家乔瓦尼·比安齐在艾米利亚大区教堂里的同名画作。

七

回到艺匠厅，穿过长廊，就来到了庭院，这个庭院连接宫室和大凉廊（对应下层的"长袖"走廊）。穿过庭院就是通往下层的公共楼梯，入口处的两个壁龛和斜坡之间的分支点上的空间里放置有各种各样不同的雕塑，比如花园里找到的无头维纳斯碎晶凝灰岩雕像。下层空间的左侧是通往各个房间的长袖走廊，通过一个桶形穹窿让日光进来，从而照亮庭院上方的天顶。长长的人行走道是供内部居住的人锻炼身体和迎接客人用的，窗户朝向帕拉可达庭院，方便客人在夏日的阳光下透过窗户观看庭院美景或是游艺活动。

长袖走廊的开端部分是1565年装饰的壁画，在那之后不久，人们就用乡村风格的马赛克花藤图景取代了这些壁画，马赛克拼凑成的花藤架上还栖息着鸟类，这一创意来自于16世纪别墅花园里的花藤架景观。这些装饰揭示了因为连续不断的修复工作而造成的不连贯——最古老的部分，马赛克拼接十分严密且工艺精湛，其用料也十分讲究（古老的黄色大理石镶嵌块用来制作花瓣，绿色的斑岩则充当绿叶），还有用来拼凑鸟类的天然大理石嵌片（其中较著名的是那只色彩斑斓的公鸡）。长袖走廊的第二、第三部分是1569年的作品，大气优雅的建筑和精致的马赛克相得益彰,每一处都是各种几何形状或花卉图案的多彩马赛克装饰。

八

如果想要完整地领略埃斯特别墅建筑,或者说要对红衣主教的审美观表示敬意的话,就很有必要回到楼梯基座所在的石灰华大门那儿。

从这里可以通往位于宫室东北角的诺亚厅(Hall of Noah),刚刚靠近这里,就会注意到这里的气氛和之前我们去过的上层空间完全不同,更不用说其间的装饰人物形象的不同了。

事实上,下层空间的整体装饰较为休闲,其主题大多和自然有关,比如神话和水。这些空间记录了这位红衣主教那些比较私人的时刻、那些充满了诗歌礼乐的时光、对于宗教的参悟以及对文化的反思。

在诺亚厅里,墙壁上的壁画模仿镶有条纹边框的挂毯,看起来好像是石灰华大门两侧的帷幔。空间里装饰着奇妙的场景画,树木枝干跃然墙上,栩栩如生。古代建筑、废墟、镜子一般的池塘边满是乡村农舍,所有这些都以二维平面的方式呈现于众人的眼前,它将人们的视线吸引到画面的地平线上,水色与天空融为一体。层层叠叠的乌云和色彩斑斓的黎明之间,鸟儿腾空而起,自在飞翔。

最近的研究认为,所有这些作品,包括房间全部的装饰都是由吉罗拉莫·穆齐亚诺(Girolamo Muziano)设计的,彼时的他已经因威尼斯风格的景观设计而闻名。他当时很有可能正忙于红衣主教在罗马居所的工程,分身乏术,所以将别墅房间墙面的装饰托付给他所信任的景观装饰专家马特奥·内罗尼(Metteo Neroni);把天顶装饰托付给由托斯卡纳画匠杜兰特·阿尔贝蒂(Durante Alberti)带领的艺术家团队。这些人物形象的创作可以追溯到1571

年,正好是别墅装饰的最后阶段。

穹窿上代表四季的人物造型诡异,普鲁登斯(代表谨慎)和坦珀伦斯(代表节制)的两则寓言场景画更是别具风格。角落衔接处是由女性人物构成的边框,里面是艾波利多的徽章。中心框架里描绘的是诺亚的故事——洪水过后不久,方舟停泊在阿勒山上,诺亚和上帝达成了协议。

这个场景的潜台词是神圣的意念可以控制洪水,暗喻红衣主教在这座花园别墅里对于水元素的巧妙构思。从方舟中鱼贯而出的动物中,一马当先的白鹰暗指红衣主教的纹章。

我们也可以在摩西厅(Hall of Moses)里破解那些相似的象征符号。穹窿中央,摩西用代表权杖的枝条敲击岩石,导致岩石中生出水流以解救出埃及的干渴的以色列人。这也是针对埃斯特的隐喻,正是这位红衣主教将水流奇迹般地输送到了别墅,使之成为硬冷建筑(比喻为岩石)的一部分。

摩西厅同样装饰精美,和之前去过的诺亚厅一样,也是由穆齐亚诺设

摩西用代表权杖的枝条敲击岩石,摩西厅壁画

计、阿尔贝蒂亲自操刀的。色彩艳丽的装饰带将天顶划分成不同的区块，其中充斥着各种构思巧妙的图景。屋子里还有一种更为独特的装饰——七头蛇，这象征艾波利多的祖先埃尔科莱一世。和诺亚厅差不多，房门上的装饰面板上也刻有摩西的故事，故事发生在尼罗河岸边。

之后是金星厅（Hall of Venus）。当初，游客不用走进大厅，就可以听见水流从石洞里的人工绝壁上的岩石缝隙流下的声音，其中央是"一尊白色大理石的女子雕像，雕像呈仰卧姿势，睡梦中的她脸朝向天空——一头小鹿从喷泉里的洞穴中窜了出来"。1691年的文图里尼的饰刻画上是两个女性的雕像手捧双耳瓶将水倾倒于方形的水盆中，这一作品今天的样子和那时完全不同，水盆在19世纪被移除，两座新的象征和平与宗教的石膏像取代了原始的维纳斯雕像。这些改动见证了别墅的"基督教化"的历程，也见证了石洞从原来纪念维纳斯转变为崇拜露德圣母的历程。整个房间除了天顶那块富丽堂皇的帆布油画装饰，其他的装饰并不多，这也契合了17世纪的古典主义风格，体现出维纳斯的慵懒。

房间的地面朴实无华，原始的赤陶土砖铺就的地面，上面是埃斯特雄鹰的图案。前面房间的地面也是如此。

九

回到诺亚厅，我们继续沿着主轴参观，来到了提布尔提尼第二大厅（Second Tiburtine Hall），它要和提布尔提尼第一大厅（First Tiburtine Hall）一起鉴赏。

这两间大厅的装饰主题是共通的，装饰工艺也是一致的。这些堪称经典的装饰都是1569年前以切萨雷·内比亚（Cesare Nebbia）为首的艺术家团队的劳动成果。

提布尔提尼第二大厅

这两间大厅的装饰都遵从同一个建筑理念,严格遵照既定的大理石基座的尺寸。立柱之间的虚拟挂毯框架则是风格主义的,看起来十分精致。单色调的圆章、面具和各种奇思妙想的装饰,第一大厅里的天使围绕着红衣主教的顶饰品可谓层出不穷。此外,人们还可以看到四季图(第一大厅)和缪斯图(第二大厅)。

两间大厅的装饰都围绕着当地的神话传说,我们当时游览的空间是以提布尔提尼女先知为主线的传说。

根据神话,王后伊诺因为抚养了小酒神巴库斯而受到朱庇特的惩罚,维纳斯和涅普顿救下她,为了躲避其丈夫的怒火,她带着小儿子波特诺来到意大利,自己改名为西比拉·阿尔巴尼亚,也就是我们今天所说的提布尔提尼女先知。西比拉藏身于提布尔提尼森林的一处泉水旁——就是在这里,她做出了预言和传达了其他神谕。女先知的故事还和当地其他的神话故事相穿插:国王安尼乌斯的故事,据说为了追赶绑架了自己女儿克洛莉丝的墨丘利,国王淹死在以自己的名字命名的阿涅内河里。

大厅的天顶上描绘了两则神话故事:陷入癫狂的阿塔玛斯杀死了自己的儿子克拉尔克(由此成为王后伊诺出逃的契机);安尼乌斯骑马追赶墨丘利的时候,被湍急的水流冲下了马背,最后淹死在河里。

穹窿中央描绘的是阿波罗的胜利,画面上的阿波罗站在他的战车上,天顶画一侧的长边上装饰着拟人化的3条提布尔提尼河流(台伯河、阿涅内河和厄库拉涅河)。另一侧则描绘女先知端坐在喷泉之上,脚边是阿涅内河的拟人形象。

与之相对应的墙上的叙事画也是以女先知为主题,不过现在已经变成了黄金映像:人们对此又爱又恨,对于这一改变有崇拜的,也有质疑的。

安尼乌斯追赶墨丘利,淹死在河里,
提布尔提尼第二大厅天顶画

精致的画作《大海泡沫中诞生的维纳斯》位于被设计成虚拟挂毯状的短墙上，维纳斯旁边是长相粗鄙的涅普顿。这两位就是当初拯救了伊诺的神祇。

玻璃板下方是一座公元前1世纪的古罗马别墅的残骸，1983年工作人员对别墅进行修缮维护的时候发现了这些残骸。

这里原来是一座巨大而复杂的古罗马别墅，后来被本笃会修道院彻底覆盖，圣方济各会再度将其扩建，在台地上加造了砖石建筑，成了今天我们看到的埃斯特别墅的一部分。

提布尔提尼第一大厅里是以蒂沃利的传说为主题的装饰。穹顶中央装饰的是希腊三兄弟来到拉齐奥、提布托（Tiburto，其词源Tibur为蒂沃利的古文名称）、卡蒂约和科拉斯以及他们在对抗拉丁人战役中的胜利。4个隔间里装饰的主题是城邦建立的场景（其中一幅画面上的提布尔在带有他名字的地皮上耕作）。此外还描绘了提布尔城邦的修建，包括防御工事、城门和宫殿等。长墙上的故事情节也取材于类似主题：壁炉上方描绘的是三兄弟攻克西科勒屯（即后来的提布尔），与之正对的墙上则是感恩祭，描绘的是胜利后的三兄弟。

这个房间的小型墙壁是用来描绘保护神赫拉克勒斯的故事，内容是大力神的第十个功劳：为了保卫从革律翁那儿偷来的珍贵牛群，他对威胁他的阿尔贝恩和博尔吉恩挥动棍棒。后来宙斯救下了他，从天空降下石雨攻击他的敌人。

其他装饰元素是风景画和画在假壁龛里的神像：维纳斯和霍尔坎、朱庇特和朱诺、阿波罗和狄安娜、窗户边上的巴库斯和克瑞斯。这面墙上还画了红衣主教艾波利多下令在花园里建造的蒂沃利喷泉（椭圆喷泉），这也算得上是修建过程中的椭圆喷泉的"照片"。

十

接下来的喷泉大厅(Hall of the Fountain)则将我们带入了宫室的核心区域。在艾波利多的时代,这间大厅是用来接待客人的,但其最重要的功能是让诗人、文学家在这里进行友好的交流。

大厅里舞台般的装饰让人感到惊讶,墙壁上的绘画栩栩如生,很容易让人产生一种置身于凉廊中的错觉。绘画以左右两根绕柱间隔开来,其中一面墙以别墅最美丽的发明为主导:中央神龛上装饰着西比尔神庙和提布尔提尼卫城浮雕的五彩马赛克喷泉。当时的人们回忆说,晚宴期间,可以听到这里的喷泉潺潺的流水声:"水流从各式各样的喷水头里喷洒而出,此起彼伏的流水声为餐桌上飨宴的客人们带来了愉悦的心情。"

喷泉大厅

中央神龛上装饰着西比尔神庙和提布尔提尼卫城浮雕的五彩马赛克喷泉

对面墙上描绘的是埃斯特别墅之景,画面上是别墅花园一隅,喷泉尚未完工。长墙上还有另外几幅描绘别墅景观的绘画:水风琴出现了两次,一次出现在大门和第一扇窗之间的小型壁画上,另一次出现在1930年重新绘制的大型壁画上。有一幅壁画比较罕见地描绘了红衣主教在奎里纳尔山上。

喷泉大厅天顶的装饰全部采用神话主题,可谓别出心裁,灰泥粉刷成的框架是远古众神的牺牲场景,两侧陪衬的是四元素。角落里是用来喻指艾波利多的白鹰浮雕,其两侧陪衬的是成对的神祇:墨丘利和密涅瓦、玛尔斯和维纳斯、巴库斯和克瑞斯、朱庇特和朱诺。按照传统的说法,画匠吉罗拉莫·穆齐亚诺亲自创作了墨丘利的形象。

穹窿的顶部边框是按照透视法处理的虚拟立柱围廊,中间是天顶画——《众神的会议》,这幅壁画模仿了拉斐尔在法尔内西纳庄园赛琪凉廊里创作的类似壁画。与会的奥林匹斯诸神有坐在中央的朱庇特,还有前景里拿着酒的巴库斯、右侧弹奏七弦琴的阿波罗。画面的中央可以看到正准备回过身来面向观众的大力神。

　　房间的装饰是在1565—1570年间完工的。1565年，画匠吉罗拉莫·穆齐亚诺带领画匠团队开始了天顶画和壁画的创作。1568年，博洛尼亚人保罗·卡兰德里诺（Paolo Calandrino）建造了喷泉，完成了原本由库尔齐奥·马卡罗内接手的任务。1570年，风景画画家马特奥·内罗尼受雇为天顶中央的画作和其他壁画润色，伊尔·提沃利诺也受雇加盟了喷泉的建造和设计项目。即使是传统上定义为费德里科·祖卡里作品的《众神的会议》，如今也逐渐被认为是穆齐亚诺工作室的作品。

　　不幸的是，喷泉大厅的喷泉，如今早已失去了往日的活力，曾经描绘有提布尔提尼风景的基座也已遗失。这处喷泉的独特之处在于其设计框架的严谨，而不是材料种类的繁多和珍贵，其制造者保罗·卡兰德里诺设计时，在温柏树的树冠和正面使用了大理石马赛克镶嵌石块、玻璃块、贝壳和宝石，在持樽的海豚和水盆底部、背景墙上的海洋生物上也采用了同样的原材料。

　　接下来会来到《埃斯特别墅导览》的作者伊莎贝拉·巴里西强烈建议我们参观一下那些壁画的厅室。

十一

　　大力神厅（Hall of Hercules）的年代大概在1565—1566年间，据说也是由画匠吉罗拉莫·穆齐亚诺和他的团队承接的。天顶上的壁画描绘的也是大力神，和沙龙比起来，这里的装饰集中于壮观的全景式风景画、明镜一般的湖面、栩栩如生的古代建筑和乡野民宅。当然，厅室里最不缺的就是代表艾波利多的纹章——一只由金色温柏树枝环绕着的白鹰。

攒尖式屋顶的装饰更为复杂，被灰泥粉饰分为不同的区间，角落里装饰有由丘比特捧着的埃斯特纹章。这里的装饰图案不论是种类还是数量都极尽奢华，嵌入其中的人物形象都代表着人类的基本道德。

绘画主题是大力神的功劳：白色背景的装饰墙上描绘了这一故事的8个场景。后面的4个故事场景设置在椭圆形的框架内，还添加了埃斯特家族的盾徽和代表家族荣耀的拟人化形象。

按照顺时针方向，我们可以依次观赏到：大力神勇斗尼米亚猛狮、偷盗革律翁牛群（椭圆形边框）、勒纳湖中九头蛇怪的挣扎、俘获弥诺斯的公牛、杀死半人马内萨斯、绑架得伊阿尼拉（椭圆形边框）、和斯汀法罗湖上的怪鸟缠斗、举起立柱的大力神，还有取材于大力神狂怒杀子故事的场景画（椭圆形边框）、大力神托起亚特兰蒂斯宇宙、大力神和冥府看门狗的对抗、大力神和巨人安泰俄斯的缠斗（椭圆形边框）和半人马之战。这些场景画展现了大力神是如何一步步取得胜利的，然后升级为神祇，从而受到了奥林匹斯诸神的热烈欢迎，正如天顶画上所描绘的那样。

贵族厅（Hall of Nobility）和荣耀厅（Hall of Glory），其设计者都是祖卡里，他彼时已是贵族宫廷设计师，其最著名的作品是卡普拉罗拉的法尔内塞宫。

彩绘的爱奥尼亚式立柱处于基座之上，长墙的两端架子上是古代哲学家的半身像（其中有毕达哥拉斯、拜厄斯，还有索伦·戴奥真尼斯、苏格拉底、佩里安德和柏拉图等）。墙壁的中央，祖卡里设计了虚拟的挂毯装饰，色彩斑斓，上面描绘的是优雅、两种美德（可能是谨慎和节制）和自由艺术的寓言故事。

用以纪念赞助人的主题寓言画占据了天花板，天花板中央描绘的是贵族胜利凯旋的场面，其两侧是慷慨和宽容的拟人画。沿着中轴线，这些绘画被分成了4个部分：以弗所的狄安娜，这是提布尔提尼别墅圣像中的丰产女神，用来陪衬她的是光芒四射的哲理长诗《物性论》卷轴。两个椭圆画框里是丰裕，即财富和权力之圆章；还有荣誉，这是从前让众人臣服的象征帝王的符号。

荣耀厅的装饰是在1566—1567年之间完工的，由祖卡里和他的8名助手设计施工。这里的装饰延续了罗马建筑装饰最成功的创新灵感，概念化的主题和奢华的表现形式相互配合，通过装潢的各个细节呈现在世人的面前。同其前辈的作品相比，祖卡里在结构布局上的安排更为复杂多变，他十分擅长在有限的空间里通过各种艺术手法将视觉效果放大延伸，比如通过透视法缩短的原理来描绘天顶基座上的丘比特，从而突出其手上拿着的象征红衣主教的金苹果。

墙上装饰着虚拟大理石和色彩斑斓的虚拟帷幔，此外还有很多或真或假的开口处，以及堪称纯粹创新的藏于虚拟帷幔后面的虚拟柜子，柜子里描绘的是红衣主教每天的日常用品（其中还包括暗指艾波利多野心的教皇头饰）。

连排的仿制古雕塑和刻画美德（节制、力量、公正、谨慎）的艺术载体表明了主人对于古董物件的品味，遗憾的是，天顶中央的壁画——《荣耀寓言》已经不复存在。四角装饰上描绘的是四季，分别代表宗教、财富、宽宥和时间。

宫室尽头是红衣主教去世前后那段时间装饰的一个房间，房间的墙面上装饰着金银图案的皮革墙纸，图案上的内容大多与狩猎有关，所以也被称为狩猎大厅。这些画作极可能出自16世纪80年代的佛兰德斯画派大师之手，狩猎主题风靡流行的时代。幸存下来的壁画残片上描绘有猎捕野鸭和苍鹭的场景，猎人的衣着十分朴素，带着狩猎用的武器，其中一个场景的背景设置在提布尔提尼附近的台伯河上。这间房间的装饰以具象画为主要风格，这应该出自北部某位大师的手笔。引领大厅主题的狩猎图景规模宏大，画面上有鹿和鸭子，前景大片的乡村风景里还有三三两两的庄稼人，这些元素构成了这幅画的主题。大

荣耀厅壁画

厅用来装饰的主题内容十分多样：比如海战和彩绘壁毯周边描绘的战利品等。大厅入口凹室里的错视画同样精妙绝伦：一只小猴子被拴在一只放满了柑橘的花樽上，一条狗对着一头雌鹿狂吠。

从狩猎大厅出发，我们向下通过"蜗牛"（螺旋）楼梯来到花园，花园的建造是从艾波利多时代开始的，一直持续到路易吉时代才结束，其中还包括石灰华台阶的修建。原本楼梯和帕拉可达庭院相连，所谓的帕拉可达（palla-corda）是一种球类游戏，是红衣主教从该游戏盛行的法兰西宫廷里学到的，然后将其引进意大利。为了让自己的客人感受到愉悦和惊喜，他决定在宫室和大凉廊之间建造专门用来玩帕拉可达的游乐设施，18世纪末，这一设施被覆盖，20世纪人们对其进行了修复，使之成为接待博物馆游客的接待区。通过玻璃门，我们进入了花园的主要道路。

狩猎大厅壁画

十二

1550年大规模征地期间，红衣主教买下了这一大片包括"高登特山谷"在内的地皮，而在这上面正式修建花园是在1560年之后开始的。皮洛·利戈里奥是这座花园的灵魂设计师，他和红衣主教最喜欢的建筑师吉安·阿尔贝托·加尔瓦尼一直合作到1569年，共同设计建造了埃斯特花园。

我喜欢的建筑学者陈志华曾经来过这里。他描述道：

山坡很陡。主建筑物在高地边缘上，它后面的园林占地4～5公顷，纵长将近200米，而接近主建筑物的约103米内，高度下降了47.3米，以后才平缓，所以有人说埃斯特别墅是"挂在悬崖上"。

陡坡朝向西北，背阴，但视野很宽，左前方越过大片平野一直可以望到罗马，再向左就能看到古罗马的哈德良别墅。

在这样的陡坡上，利戈里奥仍然坚持采用对称的几何布局——分八层台地，一道纵轴贯通全园，左右各有一条次轴。几条横向道路把整个花园切割成大小不等的方块，除了最低的平坦处，中央有一大块正方形的花圃划分成16块植坛之外，整个园子几乎都是丛林，方块里种着冬青属常绿树。这些树自由种植，自然生长，年长月久，遮天蔽日，虽然园子的布局是几何形的，严谨得很，却像一座无边的、荒野的森林。这是意大利园林一个很特殊的例子。

在中轴线上，一对大圆弧形台阶的四周和花圃的正中各有几十棵高大的笔柏，锋锷参天，很有气势，色泽暗绿，枝干苍老，给园林增添了几分精神。

花园复杂的空间布局堪称权威的建筑理念，它就好像是微缩的提布尔提尼田园。1569年有人就指出："事实上还有一个隐藏的不是很优雅的解读方

可以俯瞰别墅的阳台

式,我的好朋友,也是我这个时代非常著名的建筑师皮洛·利戈里奥,这个学识渊博、深谙古代知识的天才在这个花园里复制了提布尔提尼地区的自然风光。"

对于花园的解读,《埃斯特别墅》的作者玛丽亚·路易莎·玛丹娜认为我们还应该重视一系列重量级女神的存在,那些伟大的母性角色,从伊诺-西比拉(即所谓的女先知)到维纳斯和自然女神(以弗所的狄安娜),她们的存在代表了深藏于别墅花园的秘密精神,即自然母线(nature generatrix)的理念。庭院里喷泉上沉睡的维纳斯雕像就充分体现出这一点,她位于花园的中轴线上,成为诸多大力神雕塑中的体现母性之存在。

花园中有一座建造于1570—1572年间的十字形的罗马建筑狄安娜洞窟(Grotto of Diana),洞里的古代雕塑已经全部转移,大型灰泥浮雕上覆盖的马赛克装饰也已随着时间的风化而消逝;多彩马赛克装饰出于其材质的原因,保存相对要容易一些。

这个人造洞窟是用来献给狩猎女神狄安娜的,她的父亲朱庇特赐予她永恒的贞操,使之成为贞洁的象征。除了罗马贞妇和亚马逊女战士的雕像,洞窟里的浅浮雕以奥维德的《变形记》为主题,描绘了女神的悲剧故事,比如达芙妮和绪林克斯,在发现各自被阿波罗和潘神追求的时候,祈祷自己能够变形以保住贞操,于是分别蜕变为月桂树和芦苇。还有卡利斯托,她原本是狄安娜的侍女,因为违背了永葆贞操的誓言和朱庇特产生了情愫而被罚,被变成了一头母熊。

十三

花园右边,一个小院子里有一座"蛋形泉"(Oval Fountain),也叫蒂沃利喷泉或椭圆喷泉,是引进阿涅内河水的入口。椭圆喷泉一直是埃斯特别墅最为重要的"水上剧院",这座喷泉是在1564—1570年间由库尔齐奥·马卡罗内按照皮洛·利戈里奥的设计建造的。喷泉的后面隐隐可见宽阔的拱形谈话间,圆拱之间隔出的壁龛里坐落着10尊带有水瓶的白榴拟灰岩仙女像。

圆拱下方的水瓶里喷洒出的水流呈扇形水幕,壮观的瀑布水流淌过巨大的海碗,绕过水樽倾泻而下,形成了鸢尾花形状的水幕。

开敞式谈话间后面是一座人工多孔土坡,其鳞次栉比的裂缝原本是用来引导水流的;土坡上设置了3个人工洞穴,分别隐藏于巨大的提布尔提尼女先知、阿涅内河神和厄库拉涅河神雕像的身后。

椭圆喷泉构成了皮洛·利戈里奥设计的包括百泉路和罗梅塔喷泉在内的复杂的喷泉系统,这一系统的设计主要是模仿周边环境,通过人工喷泉的设计展现出提布尔提尼山川、河流和山洞的魅力。

椭圆喷泉

人工土坡的坡顶是16世纪神话中生有双翼的飞马珀伽索斯降落在帕尔纳索斯山（希腊中部的山）上的场景雕塑，它也构成了所谓的珀伽索斯喷泉（Fountain of Pegasus）。飞马的马蹄刚刚着陆，就导致水流从石头中绽开流出，汇成了缪斯饮用的泉水。珀伽索斯的主题在文艺复兴时期的别墅建筑中屡见不鲜，别墅花园已成了灵感缪斯新的栖息地，人们对花园的精益求精也促进了艺术的突飞猛进。

提布尔提尼山在这里同化为帕尔纳索斯山：多亏了红衣主教艾波利多对艺术的大力扶持，蒂沃利的水流得以源远流长，其艺术也得以世代相传。

喷泉对面墙上的两个小型壁龛（建于1569年）里是白榴拟灰岩的酒神巴库斯雕像（17世纪的时候换成了灰泥制的雕像），这些雕塑体现了神话中伊诺作为酒神养母的关系。

维纳斯洞窟，也就是后来的巴库斯洞窟也在这个围墙的后面。1576年，有人描述道："全浮雕的大理石雕塑维纳斯赤身裸体地站着，却丝毫不减美感——她的脚边是一只贝壳，贝壳上是一个水樽，水樽里流淌的水为夏天带来了一丝令人愉悦的凉爽，欢腾的水流更是带来了精彩绝伦的声音效果。"

陈志华写道：

出了蛋形泉小院的门，一条150米长的路横贯全园，沿路的上坡一侧密密地、齐齐地排着3层小喷泉，一共有几百个，这条路就叫"百泉路"。最高一层喷泉是向上垂直喷出的。这些喷泉石雕的题材有鹰，这是埃斯特的族徽；有法兰西莲花，这是纪念艾波利多出使法国宫廷的成就的；有小船，这是教皇皇位的象征；有方尖碑，它们象征教廷的权威——后两者吐露了艾波利多的心事。这几个题材全国各处都在用。百泉路的构思非常独特，在意大利绝无仅有，它让人在步行中有意无意间看水光闪闪，听水声潺潺，不像那些壮观的大喷泉，迫使人站定欣赏，因此更显得亲切，而不觉得单调。

《埃斯特别墅》对此的描述则是：

上层水道上原本有22艘船只，鸢尾花和白鹰的装饰是在1622年添加的，后来还添加了方尖碑。中央水道的后面是灰泥饰板，上面刻画的是奥维德《变形记》里的场景；下层水道沿岸是带有动物面首的水樽，水流从动物的口中倾洒出来，水樽的间隔处是海怪的马赛克装饰。

现如今，蔓延的苔藓和石灰沉积物几乎完全覆盖了当初的精美装饰。

此时看百泉路，反而很有东方之美。

百泉路的一端是罗梅塔喷泉（Fountain of Rometta）。这座喷泉是1567—1570年间由库尔齐奥·马卡罗内按照皮洛·利戈里奥的设计建造的，标志着利戈里奥设计构想的结束：河水从提布尔提尼山（椭圆喷泉）倾泻而下，于罗马城门处流入台伯河，罗梅塔喷泉戏剧化的背景就是由这座不朽之城的景观构成的。从左到右，象征性的隐喻从假山（17世纪初添加）和河神阿涅内上方的瀑布开始；另一个洞穴里安置着亚平宁山的拟人化身；下方右手边洞窟里的大理石雕像则代表了阿涅内河和台伯河的合流，从这里流向带有方尖碑的石船。这艘石船代表的是提布里纳岛，环绕于喷泉周围的一系列小型建筑象征着罗马的山丘和古迹，大部分如今已不复存在。平台的边缘正对着椭圆喷泉，和女先知雕像在一条直线上的是佛兰芒人皮埃尔·德·拉莫特（Pierre de la Motte）创作的罗马胜利雕像（1568年）和母狼哺育双胞胎的雕像。

罗梅塔喷泉

皇帝喷泉又名普洛塞尔皮娜喷泉（Fountain of Persephone），1569—1570年间由阿尔贝托·加尔瓦尼设计建造，原本包含有罗马皇帝的雕塑，比如在提布尔提尼地区建造别墅的哈德良。喷泉采用的是凯旋拱门的形式，立面包括类似于圣彼得大教堂里所罗门式样的立柱，1640年添加了冥王绑走普洛塞尔皮娜的群雕。

从罗梅塔喷泉下来，有一个很小的院子，里面有猫头鹰喷泉（Fountain of the Owl）。凯旋拱门两侧是带有马赛克的立柱，上面的马赛克图案描绘的是带有金苹果的树枝；屋檐上是红衣主教的徽章——埃斯特白鹰和鸢尾花。

1565—1569年，勒克莱尔（Luc Leclerc）模仿亚历山大的古老发明喷泉水力机械，利用的是流水造成的气流作用。栖息于铜橄榄枝上的大约20只金属鸟以不同的声调鸣唱，直到猫头鹰降临才会停止。（玛丽亚·路易莎·玛丹娜，《埃斯特别墅》）

这玩意早已消失了，但据说已经在修复更新中。

从猫头鹰喷泉横向走到中轴线上，有一对弧形大台阶环抱着巨龙喷泉（Fountain of the Dragons）。

这座喷泉原本是以白头巨龙拉冬为主题，神话里的拉冬是看守金苹果园的巨龙，直到大力神从果园里偷盗了金苹果；四条巨龙暗指1572年前来参观这座别墅的教皇格里高利十三世的徽章。

壮观的水幕从大池盆上升起，潺潺的喷水声尖锐刺耳（可惜现在听不到了），这是喷泉的液压系统通过改变水压达到的："有时候水声仿佛爆炸溅起砂砾一般，或者好似好几挺机枪共同扫射发出的震天巨响；有时候它又幻化出帐篷一般的水幕，身临其境的我们仿佛经历了一场滂沱大雨。"环绕于喷泉的开敞式谈话间上方的边缘处是两条溪流，溪流缓缓流入下方的贝壳系列装饰处。

从巨龙喷泉向前走，回到蛋形泉的下坡，再向下走几步就是水风琴喷泉（Fountain of the Organ）。这个由利戈里奥设计的喷泉是1568年开始动工的，其最著名的是它的液压式风琴，这是近代第一个全自动器械。

陈志华描述道：

这是一座凯旋门式的建筑，用巴洛克手法装饰，华丽而怪模怪样。正中的拱券下造了个石头亭子，是贝尼尼设计的，亭子里装着水风琴，水流迫使气流通过许多金属管子发出声音。与此同时，水流转动铜轴，轴上装着齿轮，依照不同的节拍按各个管子的键，奏出音乐。亭子前有一个椭圆形水池。这套水风琴是埃斯特别墅的新奇玩意儿。

水风琴喷泉前有个高大的瀑布，它分好几段，错错落落奔泻而下，各段宽窄不同，高低不同，水量大小不同，造成了十分丰富的变化。轴线两侧各有

水风琴喷泉

6个垂直向上的喷泉，中间的喷得高，向两侧逐渐递减高度，构成管风琴的形象。最下一级也有一对垂直喷泉。瀑布的后面有几个水帘洞，正中的一个洞里放着海神涅普顿的胸像，所以这瀑布就叫"涅普顿喷泉"。

《埃斯特别墅》对此的阐释是：

18世纪末遗失的水风琴喷泉建成后不久就遭遇了第一次破坏，后来接连遭受了几次不同程度的损毁。如今，人们在修复中用类似的气压机械取代了原本的液压机械。

1661年，贝尼尼在水风琴的下方建造了一个颇具自然主义的瀑布，现在已不复存在。1927年，由阿蒂利奥·罗希（Attilio Rossi）主导在原址上新建了涅普顿喷泉，并添加了著名的水上秀："12个水樽逐层排列，从而制造出一种层层递进的水上秀。"这些水上秀令人惊叹，让人不免赞叹其背后繁复精巧的水力机械。水帘后面的壁龛是海神涅普顿的巨大的纪念塑像，它应该就是当时利戈里奥计划想要在鱼池旁边修建的喷泉的中心部分。

涅普顿喷泉，这个花园里最大的喷泉可谓是真正的"水上剧院"，之后的岁月里，关于它的复制品比比皆是。这一独特的水上建筑将古典元素、绝妙的设备（比如水风琴）和不同种类的树木融合在一起，1580年有一位作家针对空前绝后的水上艺术作了如下描述："喷涌而出的活水制造出了奇妙的视觉效果，你不仅可以看到各种形状的美丽水幕，还能听见时而如炮声般隆隆、时而又如鸟鸣般清脆的水声；同样一座喷泉，你甚至还能听见悦耳的风琴声，那优美的乐曲超越了自然的鬼斧神工。"

涅普顿喷泉

十四

由于游览路线改变得突然，我们来意大利之前没有仔细研究过埃斯特别墅，加上对哈德良别墅期待甚殷，导致在埃斯特别墅的时间过短，看得有些草率。

其实，哈德良别墅的气势还在，但不耐看。而埃斯特别墅气势与耐看兼具，值得多花一些时间。

《埃斯特别墅导览》就介绍了不少有意思的喷泉和洞窟。

如勒达喷泉（Fountain of Leda），这座罗马式建筑呈矩形，后墙和带有喷泉的壁龛相连接。这座喷泉有着独特的液压系统，水流从勒达手中的瓶子里喷洒而出，落入金属盘中，然后四散倾洒。到19世纪末，原始的装饰寥寥无几，引水的渡槽也早已枯竭。

欧罗巴喷泉（Fountain of Europa）也采用了凯旋拱门的设计，采用了两种柱式，第一种是多立克式的风格，第二种是科林斯式的风格，这两种立柱共同构成了池盆的大型壁龛。横梁架结构上方的两个涡形花洒之间是个巨大的凸壳。这座罗马式建筑始建于艾波利多时代，直到这位红衣主教过世也没完工。1671年，在建筑师马塔·德·罗西手中竣工。

埃格勒和阿斯克勒庇俄斯洞窟（Grotto of Aegle and Aesculpius）是一座古典主义的罗马式建筑，其挡土墙和上面的平台相连。

洞窟外面是镶嵌着大理石砖的螺旋形带（这里所有的装饰几乎全部是2002年期间重新修复的），原来前景上的大理石装饰壁画如今只剩下了一小部分残片。

洞窟内部则覆盖了一层牙石片，大理石砖构成了边框。希腊风格图案的马赛克沿着洞窟周长铺设，贯通洞窟。洞窟后墙上黑白大理石砖构成的螺旋形图案勾勒出壁龛的轮廓，壁龛里的池盆上装饰有精妙绝伦的马赛克，这些马赛克镶嵌片是由五颜六色的贝壳制成的。洞窟始建于1569年，设计师是托马索·达·科莫，这座洞窟收藏了医药之神阿斯克勒庇俄斯的雕像（现藏于巴黎卢浮宫）以及他的女儿健康女神埃格勒的雕像（现藏于梵蒂冈博物馆）。

潘多拉长廊（Loggia of Pandora）相当于一条有顶的人行通道，在宫室花园诸多繁杂的楼梯系统中，这条走廊就好比枢纽，和宫殿走廊的功能是一样的。长廊里装饰着喷泉，喷泉的凹陷处有两个长方形的开口，开口上方是两个半圆形的池盆。

由于上方平台的渗漏，镀金的粉饰、天顶的壁画和喷泉上的马赛克在17世纪的时候都由更为耐用的石膏等材料覆盖。16世纪的装饰中，只有后殿的一部分马赛克、华饰和单色带保留了下来；壁龛里矿物层下优雅的设计图案也在2002年修复后再度呈现于世人的眼前。

埃斯特别墅花园一隅

壁龛里原本放置的是来自哈德良别墅的雕塑——手上捧着瓶子的潘多拉女神像。多亏了液压机械的把戏，流水从花瓶中缓缓流出，代表着这世间的邪恶随水流失，再也不能成为人们的掣肘。19世纪末期，随着雕像逐渐卖出、喷泉水不再流淌，这座喷泉被改成礼拜堂。

　　离开长廊，就能看到圣杯喷泉（Fountain of Bicchierone）的水雾。如果想找到最佳的观赏位置，就必须走右边的小道，这条小路两旁种植的是黄杨树和石榴树，走过这条小道后向左转，走入一条横向道路，道路两旁栽种的是温柏树。这条道路走到一半，我们就能看到喷泉，其贝壳形状的池盆向外延伸，高度和上方的平台几乎持平。现代的马赛克图案装饰取代了原来的装饰，原本的装饰据说建成后不久就开始逐渐脱落。

　　这是贝尼尼应红衣主教里纳尔多一世（Rinaldo I d'Este）的要求，在1660—1661年为埃斯特别墅设计的两座喷泉之一。彼时的贝尼尼早已功成名就，光是找上门来的罗马巴洛克建筑的订单就数不胜数，但他还是抽出时间亲自前来监督埃斯特别墅的喷泉项目。当然，红衣主教给予的报酬相当不菲，其中光一个戒指就差不多价值400个斯库多（意大利旧银币单位）。

十五

　　埃斯特别墅花园包括51个喷泉和喷水仙女像、398个喷管、364个喷嘴、64座人造瀑布、220个造型各异的水池盆，还有875米长的水道沟渠，如此复杂的沟渠管道盘根错节，搭配高度精密的用来排除重力因素的液压机，共同构成了我们现在所看到的埃斯特别墅花园胜境。

　　皮洛·利戈里奥建议在修建喷泉时采用提布尔提尼的土壤，这种土壤在古代的时候就十分著名，是专门用作水利工事的：除了阿涅内河的主支流从卫城下方的壮观瀑布倾泻而来，沿着沟渠流入各个建筑配置和公共喷泉，有些甚至隔着大理石板贯穿了城市道路。

事实上，将阿涅内河的水流引渡到埃斯特别墅可谓是一种传统的想法，这就好比是在人造山丘下穿孔铺设管道沟渠，类似于蒂沃利山丘。这套液压系统是基于维特鲁威和弗伦蒂诺笔下所描述的古罗马技术来设计的，从而造就了水利工程上的杰作，这不仅是水上秀的杰作，也是水流输送和配置规划上的杰作。

所谓的水流规划就是将喷泉喷出的水再度回收，使之流入水位较低的喷泉进水口，从而大幅度减少建筑物的用水需求，也简化了整个供水系统。第一批供水设施（开始于1560—1561年）包括为圣母大教堂对面广场上的公共喷泉设置的引水槽，水流从这里分为3道支流：

第一道支流流入别墅庭院，从而为金星喷泉提供水源。从这个喷泉喷出的水流则流入庭院下方的蓄水池（这也是用来收集雨水的蓄水池）；这个蓄水池为长袖喷泉、位于下层沙龙的田园喷泉和花园上层的喷泉（勒达喷泉、潘多拉喷泉、三角喷泉和圣杯喷泉）提供水源。

第二道支流则通往圣母大教堂广场下方的蓄水池，而这个蓄水池给秘密花园里的一部分喷泉和另一个地势更低的蓄水池（建于古罗马别墅的基座之上）提供水源。水流从这个蓄水池流向欧罗巴喷泉、珀伽索斯喷泉，以及椭圆喷泉的上半部分（从岩石堆砌而成的水幕瀑布流入半椭圆形水道）。

第三道水流通往为秘密花园的独角兽喷泉提供水源的小型蓄水池。

引水槽的流量很小（最大流量为5升/秒），别墅建筑不可或缺的蓄水池蓄水总量为1000立方米。喷泉就是由这些引水槽供水的，所以其功能的延续是有限的。

1564—1565年，人们沿着古罗马运河的河道，修建了一条更粗的管道，以连接埃斯特别墅花园和阿涅内河，从而获得更大流量的供水——现在我们可以确定其供水量为500升/秒。

阿涅内河的水流从椭圆喷泉上方流入埃斯特别墅建筑体系，通过两个厅堂分流，流向不同的目的地，甚至流向花园之外。

一条支流通过大运河纵向深流，为数以百计的喷泉，其中包括巨龙喷泉、罗梅塔喷泉、普洛塞尔皮娜喷泉、猫头鹰喷泉，当然还有其他不同的喷泉，比如水梯和勒米特喷泉，还有其他一些通往花园的阶梯的水利设施提供水源。

另一条支流则为贯穿圣彼得教堂的地下运河提供了水源，这条运河的水流通向水风琴，之后又流入第二条沟渠，为喷泉下方的瀑布提供水源。水流经由水风琴的台地直通花园北部的喷泉和鱼池，沿途分流出3条支流，用作如今蒂沃利地区的农业灌溉和工业用水。

现在我们看到的设备基本上能维持16世纪由托马索·基努齐（Tommaso Chiruchi）设计建造的水利设施的运转，只是对于其中某些材料进行了更新替换。

19世纪末，引渡槽完成了使命，取而代之的是玛西亚水管，这种水管的通水量较小，即便连偶尔为秘密花园里的喷泉和花园上层建筑供水都无法做到。1930年，别墅对外开放，恢复花园供水成为当务之急，于是，阿涅内河又一次成为焦点所在，人们用水泵从椭圆喷泉所在山上的进水口抽上河水，然后灌入庭院中的蓄水池，再从蓄水池流向各个用水系统。

自此，埃斯特别墅花园恢复了正常供水，一方面这是埃斯特别墅最具特色且最具代表性的景观之一；另一方面，这也是整个别墅系统中最为薄弱的一部分，因为连续的喷洒对于机械设备的折损十分迅速，喷泉系统不间断地喷出水雾，使得设备长时间浸泡于水中，其表面的原材料很容易遭到侵蚀。水的化学性质并不稳定，再加上这里所用的水都来自河流，本身就充满了泥沙（甚至还有植物种子），特别是在雨季，设备的养护更是难上加难。大量的淤泥和黏糊糊的物质不断沉积于水池之中，也沉积于喷泉的装饰层和雕塑群上，这些雕塑群很快就被一层厚厚的杂草覆盖。近来，河水水质变硬，逐步形成石灰层，进而堵塞了运河、管道和喷嘴，喷泉的情况进一步恶化。因此，埃斯特别墅的管理运营一直是困难重重的工作，即使保持了水流的正常流动，也仍然需要不间断的维护。虽然近年来，水流的生态质量提升了很多，这得归功于1999—2000年间由拉齐奥大区政府出资修建的净水系统。这个设备，从技术角度来看是标新立异的，它过滤了泥沙，帮助水质脱钙，通过紫外线对进水口流入的水进行杀毒抗菌，从而确保流入埃斯特别墅运河河道的水流足够纯净。

  因此，如果你在游览埃斯特别墅的过程中遇到某些喷泉不喷水的情况，请不要太惊讶！

参考书目

[1] Adembri, Benedetta. *Hadrian's Villa Guide*. Rome: Electa, 2016.

[2] Barisi, Isabella & Catalano, Dora. *Guide to Villa d'Este*. Rome: De Luca Editori d'Arte, 2004.

[3] Giandommenico, N.. *Art and History of Assisi*. Florence: Bonechi, 2003.

[4] Lanciano, Nicoletta. *Hadrian's Villa: Between Heaven and Earth*. Rome: Aperion Editori, 2003.

[5] Madonna, Maria-Luisa. *Villa d'Este*. Rome: De Luca Editori d'Arte, 2003.

[6] Petrosillo, Orazio. *Vatican City*. Rome: Edizioni Musei Vaticani, 2008.

[7] Polidoro, GianMaria. *St. Clare of Assisi*. Torino: Editrice Velar, 2013.

[8] [澳] Lonely Planet公司编：《意大利》，魏志敏等译，中国地图出版社，2015年。

[9] [意] 桑德拉·巴拉利：《图解欧洲艺术史：14世纪》，伍姝瑾译，北京联合出版公司，2016年。

[10] 陈志华：《意大利古建筑散记》，安徽教育出版社，2003年。

[11] [美] 胡斯托·L.冈萨雷斯：《基督教史》，赵城艺译，上海三联书店，2016年。

[12] [德] 歌德：《意大利游记》，周正安、吴晔译，湖南文艺出版社，2006年。

[13] [日] 宫屿勋：《意式生活哲学：脱轨的人生才有意义！揭秘意大利人日常潜规则》，杨钰仪译，台北世潮出版有限公司，2016年。

[14] 何恭上：《爱与慈悲》，台北艺术图书公司，2004年。

[15] 何政广、陈英德：《乔托：西方绘画开山人》，河北教育出版社，2005年。

[16] [英] 爱德华·吉本：《罗马帝国衰亡史》，席代岳译，吉林出版集团有限公司，2008年。

[17] [美] 马克·加利：《圣法兰西斯和他的世界》，周明译，北京大学出版社，2005年。

[18] [英] 蒂姆·杰普森：《国家地理学会旅行家系列：意大利》，林晓琴译，辽宁教育出版社，2002年。

[19] [荷] 菲克·梅杰：《古罗马帝王之死》，张朝霞译，广西师范大学出版社，2009年。

[20] [英] G. K. 切斯特顿：《方济各传 阿奎那传》，王雪迎译，生活·读书·新知三联书店，2016年。

[21] 日本大宝石出版社编：《意大利》，霍春梅、金松译，中国旅游出版社，2015年。

[22] [日] 森实与子：《意大利散步之旅》，吕亭仪译，天下杂志股份有限公司，2016年。

[23] [古罗马] 马库斯·图利乌斯·西塞罗，盖乌斯·普林尼，凯基利乌斯·塞古都斯：《哈佛百年经典：西塞罗论友谊·论老年及书信集·小普林尼书信集》，梁玉兰译，北京理工大学出版社，2014年。

[24] 新加坡APA出版公司编：《意大利》，梁宝恒译，中国水利水电出版社，2002年。

[25] [日] 盐野七生：《罗马人的故事Ⅸ：贤君的世纪》，计丽屏译，中信出版社，2012年。

[26] [意] 斯特凡诺·祖菲：《图解欧洲艺术史：15世纪》，王斌译，北京联合出版公司，2016年。

[27] [意] 斯特凡诺·祖菲：《图解欧洲艺术史：16世纪》，姜奕晖译，北京联合出版公司，2017年。

图书在版编目(CIP)数据

爱在阿西西/张志雄著. — 上海：上海社会科学院出版社, 2022
（走读意大利）
ISBN 978-7-5520-3933-7

Ⅰ.①爱… Ⅱ.①张… Ⅲ.①游记—作品集—中国—当代 Ⅳ.①I267.4

中国版本图书馆CIP数据核字(2022)第139247号

爱在阿西西

著　　者：张志雄
责任编辑：蓝　天　曹海月
封面设计：黄婧昉
排　　版：马　壮
出版发行：上海社会科学院出版社
　　　　　上海顺昌路622号　邮编 200025
　　　　　电话总机 021-63315947　销售热线 021-53063735
　　　　　http://www.sassp.cn　E-mail: sassp@sassp.cn
印　　刷：上海万卷印刷股份有限公司
开　　本：720毫米×1000毫米 1/16
印　　张：13
字　　数：160千
版　　次：2022年10月第1版　2022年10月第1次印刷

ISBN 978-7-5520-3933-7/I·459　　　　　　　　　　　　定价：88.00元

版权所有　翻印必究